Wie bei uns

„Wie bei uns! Genau so ist das bei uns!" rief eine Zuhörerin bei einer Lesung im Herbst 2019 in der Selbsthilfegruppe für Schlaganfall und Aphasie in Bernkastel-Kues spontan aus, nachdem sie die erste Geschichte (es war „Der kleine Spaziergang") gehört hatte. Genau so sind die kleinen Erzählungen gedacht: die Leserinnen und Leser erkennen sich bzw. ihre Lebenssituationen darin wieder, erinnern sich an Frohes oder auch an Trauriges, fühlen sich verstanden und ermutigt oder einfach wohl. Die hier gesammelten Geschichten entstanden in der Zeit von Dezember 2017 bis Januar 2021. Es sind teils erfundene, teils erlebte Begebenheiten aus dem ganz normalen Leben, für das wohl viele Menschen Dankbarkeit verspüren, wenn sie im Alltäglichen entdecken können, dass nichts selbstverständlich ist.

Beate Hannen, geboren 1963 in Kirchen/Sieg. Abitur am Freiherr-vom-Stein-Gymnasium Betzdorf-Kirchen. Studium in Siegen, Referendariat in Fulda, Schuldienst an einem Gymnasium an der Mosel. Verheiratet, zwei Kinder. Oberstudienrätin i.R.

Beate Hannen

Wie bei uns

Erfundene und erlebte Geschichten

Bibliographische Information der Deutschen Nationalbibliothek:
Die Deutsche Nationalbibliothek verzeichnet diese Publikation in der Deutschen Nationalbibliographie, detaillierte bibliographische Daten sind im Internet über http://dnb.dnb.de abrufbar.

Herstellung und Verlag:
BoD – Books on Demand, Norderstedt

ISBN: 9783752684001

Altbewährtes und Neues

Auf dem kleinen Regal im Badezimmer stand ein Kalender mit humorvollen Sprüchen. Es handelte sich um unterhaltsame Lebensweisheiten, die als stille Impulse in den Tag geeignet und meist witzig illustriert waren. Nicht immer blätterte sie morgens um, manche Denkanstöße passten und gefielen so gut, dass es mehrere Tage dauerte, bis ihr Mann oder eines der Kinder oder sie selbst weiterblätterte. Heute war zu lesen: „Glück ist eine warme Decke." Die Zeichnung dazu zeigte einen kleinen Hund, der nicht in seiner Hundehütte, sondern auf deren Dach lag und mit einer karierten Decke zugedeckt war, während um ihn herum Schneeflocken fielen. Das kuriose Bild wirkte sehr friedlich. Glück ist, nicht frieren zu müssen, ja, dachte sie. Da ihr Mann öfter unter kalten Füßen litt, nahm er gern ein warmes Fußbad und legte sich abends zusätzlich eine Wolldecke an das Fußende seines Bettes. Sie selbst hatte ihre alte, blaue Decke, die ihr immer etwas zu fest oder steif vorgekommen war, kürzlich beiseite geräumt und durch eine moderne Fleecedecke ersetzt. „Plüschdecke" stand auf dem Etikett, Mikrofaser, hundert Prozent Polyester. Die Decke, die ganz preiswert gewesen war, konnte in der Waschmaschine gewaschen werden und trocknete schnell wieder, war sehr weich und tat ihr gute Dienste, zumal sie sich mittlerweile öfter den Luxus einer Mittagsruhe erlaubte. Wenn die Hausarbeit erledigt war und kein Termin anstand, genoss sie es, ein wenig zu ruhen – eine halbe Stunde Mittagsschlaf, länger brauchte die Pause nicht zu sein, und auch wenn sie nicht einschlief, sondern nur ruhte, verfügte sie danach wieder über Energie. Nun kuschelte sie sich auf dem Sofa in ihre neue Decke, nachdem sie mit weit geöffneten Fenstern ordentlich durchgelüftet hatte. Auch im Winter musste schließlich gelüftet werden! Sie versuchten vernünftig zu heizen und ebenso vernünftig und konsequent auf das Lüften zu achten. Die frische Luft war wichtig und tat gut, aber jetzt war es wirklich sehr kühl im Raum geworden. Wenn man in Bewegung war bei der Hausarbeit, beim Putzen oder beim Bügeln, wurde einem ja schnell wieder warm, beim Kochen oder Backen sowieso, aber jetzt beim Ausruhen klappte das irgendwie nicht. Sie fröstelte. Da half es auch nicht, dass die Decke einen schönen dunkelroten Farbton hatte, der Wärme symbolisierte. Nach einigen Minuten legte sie die Kuscheldecke beiseite und holte ihre alte Wolldecke hervor. Hundert Prozent Schurwolle, diese Information war auf dem etwas verblassten Etikett noch zu erkennen. Seit Jahrzehnten besaß sie diese Decke, die sie als junge Frau aus ihrem Elternhaus hatte mitnehmen dürfen, als sie ausgezogen war. Sie deckte sich zu. Doch noch immer wurde ihr nicht warm, fühlte sich das Ruhen nicht gemütlich an. Ob sie vielleicht eine Erkältung erwischt hatte? Ihr Mann hatte gestern mehrmals kräftig geniest, auch gehustet, vielleicht hatte sie sich bei ihm angesteckt? Sie wartete ein paar Minuten, dann holte sie die weiche Fleecedecke zurück, kuschelte sich hinein und deckte sich zusätzlich mit der Wolldecke zu. Ganz allmählich spürte sie eine angenehme, wohltuende Wärme und fühlte sich geborgen. Glück ist eine warme Decke, aber manchmal braucht man zwei, murmelte sie und dachte: Glück ist, wenn altbewährte und neue Dinge sich ergänzen. Dann schlief sie tatsächlich ein und schlummerte gemütlich ihre halbe Stunde.

Kleine Hoheiten unterwegs

Es war ein wirklich ungemütlicher Morgen, kühl und regnerisch, als die Kinder sich Anfang Januar auf den Weg machten. Die drei waren in schöne Gewänder gehüllt und trugen selbstgebastelte goldene Kronen. Sie hielten einen langen Stab mit einem großen Stern in den Händen, außerdem Kreide, um den Segen anzuschreiben, und eine Dose, um Spenden einzusammeln. Sie waren also eindeutig als Sternsinger zu erkennen. Weil diese drei allerdings zum ersten Mal mitgingen, fühlten sie sich etwas unsicher und waren froh, dass ein älterer Jugendlicher sie als Betreuer begleitete. Alleine wäre ihnen doch mulmig zumute gewesen. Aber zusammen würde es schon klappen!

Am Vorabend hatte sich das irgendwie besser angefühlt. Da waren nämlich viele Kinder und Jugendliche in der Kirche bei der Aussendungsfeier dabei gewesen, mehrere Kirchenbänke hatten sie gefüllt, eine richtig große Gruppe, und sowohl der Pastor als auch die Gemeindereferentin hatten die Kinder und Jugendlichen für ihr Engagement gelobt. Zuvor hatten sie am Nachmittag bei der Vorbereitung einiges über die alljährlich stattfindende Aktion erfahren, und hilfsbereite Frauen aus der Pfarrgemeinde

hatten die königlichen Hoheiten sowohl mit Gebäck und Getränken versorgt als auch beim Verteilen der unterschiedlichen Gewänder und beim Ankleiden geholfen. Für die Dreiergruppen hatten die Betreuer aufgeschrieben, wer durch welche Straßen zu gehen hatte, so dass es am nächsten Morgen gleich losgehen konnte. Nun klingelten sie also mit gemischten Gefühlen am ersten Haus. Mit leisen Stimmen und noch etwas zögernd sagten die drei als Caspar, Melchior und Balthasar ihren Text auf, der Betreuer schrieb mit der Kreide den Segen über die Haustür, die Besuchten steckten Geld in die Spendendose und gaben den Kindern noch Süßigkeiten als Belohnung, dann ging es weiter. Beim zweiten und dritten Haus wurden die Kleinen schon sicherer, die Stimmen klangen etwas kräftiger, und ab dem vierten Haus klappte es richtig gut. Der Betreuer lobte sie dafür, und die Kinder strahlten: „Das ist ja gar nicht langweilig!" - „Das macht sogar richtig Spaß!"- „Und ich bin noch gar nicht müde!"
Manche der Besuchten schauten genauer, ob sie die Kinder kannten oder fragten nach, wen sie da vor sich hatten, doch die meisten hörten einfach zu, was die Kinder aufsagten, und dankten für den Segen. Bis alle vorgesehenen Straßen abgearbeitet waren, vergingen fast drei Stunden. Zum

Glück hatte es irgendwann aufgehört zu regnen, sonst hätten die schönen Kronen und Gewänder doch vielleicht Schaden genommen oder die Kinder hätten sich übel erkältet. In der Mittagszeit kamen sie etwas müde, aber zufrieden wieder im Pfarrheim an. Dort versammelten sich alle Kinder, die als Sternsinger durch den Ort gegangen waren, legten die gesammelten Süßigkeiten auf einen großen Tisch und gaben die Spendendosen den Betreuern. Die Betreuer teilten die Süßgkeiten unter den Kindern auf und zählten das gesammelte Geld. Wieviel würde wohl diesmal gespendet worden sein? Als das Ergebnis feststand, reagierten die Kinder unterschiedlich. Während die einen etwas kritisch anmerkten, dass sie weniger als im Vorjahr gesammelt hatten, waren die anderen erstaunt, wie viel doch zusammengekommen war.

Die Gemeindereferentin fasste zusammen: „Liebe königliche Hoheiten, wir danken euch für euren Einsatz! Und es wäre schön, wenn ihr nächstes Jahr wieder dabei seid!" - „Klar mach ich wieder mit", murmelte manche kleine Hoheit müde.

Der Heimtrainer

Am Jahresanfang standen sie wirklich in jedem Werbeprospekt: Trainingsgeräte unterschiedlicher Art, zum Fahrradfahren etwa oder zum Rudern. Wahrscheinlich hatten gerade jetzt viele Leute gute Vorsätze, wollten sich der Gesundheit zuliebe mehr bewegen und waren bereit, dafür Geld auszugeben. Auch ich spielte mit dem Gedanken, ein solches Gerät zu kaufen, um unabhängig vom Wetter meine Ausdauer trainieren zu können. Zurecht erinnerte mein Mann mich allerdings daran, dass ich mich in der Reha bei diesen Trainingseinheiten stets gelangweilt hatte! Das stimmte. Die zehn oder zwanzig Minuten Ergometer, die regelmäßig auf meinem Plan gestanden hatten, waren mir endlos und irgendwie auch wenig sinnvoll erschienen. Während andere Patienten sich mit sportlichem Ehrgeiz abrackerten, hatte ich mich müde bemüht, die Minuten wenigstens irgendwie durchzuhalten. Also verwarf ich den Gedanken wieder. Nach einiger Zeit jedoch überlegte ich erneut, sprach auch mit meiner Physiotherapeutin, die mich darin bestärkte, dass diese Art der Bewegung für mich gut wäre. Die Angebote hatte ich verpasst. Sollte ich im Internet suchen? Eine Bekannte riet mir, mich an einen Fahrradhändler zu wenden, was ich per Telefon tat.

Nein, er führe solche Geräte nicht mehr, weil die Leute ja lieber billig kaufen wollten, er könne aber gern einen Heimtrainer für mich bestellen. Wieviel ich denn ausgeben wolle? Als ich meine Preisvorstellung nannte, bedauerte er, da müsse er mich leider doch an die Discounter-Angebote verweisen, denn was er bestellen würde, wäre deutlich teurer. Nach kurzem Überlegen ergänzte er, er wisse Leute, die ein gebrauchtes, gutes Gerät zu dem von mir genannten Preis verkaufen wollten. Es seien ältere Leute, die ihr Gerät nicht mehr so nutzten – das wäre doch vielleicht etwas für mich! Der hilfsbereite Händler nannte mir die Telefonnummer. Ich rief dort an, erklärte mein Anliegen und erfuhr die Adresse. Das Dorf war mir völlig unbekannt. Alleine könnte ich so einen Heimtrainer wohl nicht transportieren, aber zu zweit wäre es kein Problem. Wir verblieben so, dass ich mich nach Rücksprache mit meinem Mann wieder melden würde, um einen Termin zu verabreden. Mein Mann war einverstanden, und schon am nächsten Tag konnten wir hinfahren. Dank Navi fanden wir das Dorf. Für die Adresse mussten wir zwar noch die Hilfe eines Passanten in Anspruch nehmen, aber schließlich standen wir vor dem richtigen Haus. Ein freundlicher, alter Herr bat uns herein, aus dem Hintergrund kam eine freundliche, alte Dame dazu. Sie seien jetzt beide 91, und da müsse man sich nicht mehr abstrampeln, sagte sie und ging eine Treppe hinauf. Wir folgten ihr, ich durfte probesitzen und ausprobieren, die Dame gab mir sogar noch die Bedienungs-anleitung.

Der Heimtrainer war bequem und gut, ich war schnell entschlossen: Ja, ich möchte ihn kaufen! Mein Mann und ich trugen das Gerät die Treppe hinunter und zum Auto. Während er es im Kofferraum verstaute, ging ich nochmals ins Haus und bezahlte den vereinbarten Betrag. Als ich mit allerlei guten Wünschen verabschiedet wurde, sagte ich noch: „Sie sind beide 91. Mein Mann und ich sind auch gleich alt, wir sind jetzt beide 55!" Daraufhin stellte die alte Dame energisch fest: „55? In Ihrem Alter waren wir noch beritten!"

Eine Formulierung wie aus einer anderen Zeit. Die kleine Begegnung hat mich sehr beeindruckt.

Ein Kostüm für Karneval

So viel Werbung! Stapelweise flatterten die Prospekte ins Haus. In den Wochen vor Karneval gab es scheinbar unendlich viele Angebote von Kostümen und Zubehör, immer neue bunte Verkleidungen für Erwachsene und für Kinder, teils schön, teils eher verrückt – und geradezu erschreckend billig! Sicherlich wurde das meiste unter üblen, ungerechten Bedingungen hergestellt, in Fernost oder anderswo. Prinzessinnen und Ritter, Feen und Piraten, Tiere und Filmhelden: für ein paar Euro ein ganzes Kostüm?!
In den Kindergarten durften die Kinder am Donnerstag verkleidet kommen. Etwas Billiges kaufen wollte die Mutter dafür nicht, viel Geld ausgeben aber auch nicht. Da traf es sich gut, dass die Freundin Kleidung vorbeibrachte, aus der ihre beiden Töchter mittlerweile herausgewachsen waren: Jeans und T-Shirts, eine Jacke, zwei Sommerkleider, auch ein Karnevalskostüm sei dabei, das vielleicht jetzt passen würde, hatte sie angekündigt. Kleider und Kostüm hatte Oma Hilde sogar selbst genäht!
Neugierig packte die Mutter mit ihrer kleinen Tochter die geschenkten Kleidungsstücke aus, sie probierten, ob schon etwas passte – und bestaunten das

Karnevalskostüm: ein farbenprächtiges Gewand für einen Clown, aus glänzendem Satinstoff, sehr sorgfältig gearbeitet. Das Mädchen schlüpfte in Hose und Oberteil, ja, die Verkleidung passte, es fehlte nur noch ein lustiger Hut. Den bastelten sie aus Fotokarton und selbstklebender Glanzfolie. Die Kleine schien zufrieden, obwohl sie beim Blättern in den Prospekten mit verträumtem Gesichtsausdruck die Prinzessinnen betrachtete. Das Clownskostüm war hübsch, außerdem hatte die Tochter von Mamas Freundin es auch getragen, und mit diesem großen Mädchen verstand sie sich richtig gut!

Am Donnerstagmorgen zog die Kleine stolz das Kostüm an, ließ sich ein wenig schminken, setzte den Hut auf, der mit einem dünnen Gummiband auf dem Kopf hielt, und hüpfte fröhlich an der Hand der Mutter den Weg zum Kindergarten. Dort angekommen verschwand sie rasch im lebhaften Getümmel.

Mittags holten Mütter und Väter ihre kleinen Karnevalsgecken wieder ab. Mit fröhlichen, wenn auch müden Gesichtern liefen die Cowboys, Indianer oder Ritter, die Prinzessinnen oder Feen den Eltern in die Arme. Schließlich kam auch ein Clownsmädchen mit tieftraurigem Gesicht aus der Tür. Was war denn passiert? Hatte sie sogar geweint? Die Kleine schüttelte den

Kopf, schien aber mit den Tränen zu kämpfen. Sie wollte nichts sagen, nur schnell nach Hause.

Zuhause erzählte sie schluchzend, fast alle Mädchen seien Prinzessinnen gewesen, hätten so wunderschöne, glitzernde Kleider angehabt, wie sie selbst sie in den Prospekten gesehen hatte. Nur sie habe als doofer Clown daneben gesessen! Schnell zog sie das Kostüm aus und normale Kleidung an, Karneval war für sie vorbei. „Und nächstes Jahr will ich Prinzessin sein!" sagte sie entschlossen.

Die Enttäuschung der kleinen Tochter ließ auch die Mutter traurig werden. Die Faszination der glitzernden Kostüme, das Bedürfnis, so wie die anderen auszusehen – sie konnte ja beides verstehen! „Wenn du nächstes Jahr wirklich Prinzessin werden möchtest, wirst du das auch!" versuchte sie die Kleine zu trösten. Und sie nahm sich vor, gegebenenfalls das Kostüm für ihre Tochter selbst zu nähen. Mit der Nähmaschine konnte sie ein wenig umgehen, und eine Kollegin, die sich schon viel Erfahrung im Nähen angeeignet hatte, wäre sicher bereit, ihr zu helfen. Als Mutter einer Prinzessin, also als Königin, konnte sie sich wohl eine Schneiderin leisten!

Nachtumzug

„Großer Nachtumzug!" Das bunte Plakat am Ortseingang fiel ihm auf, als er heute von der Arbeit nach Hause kam. Die Karnevalsveranstaltung wurde angekündigt für den Freitagabend vor Rosenmontag. Irgendein Dorf hatte einmal damit angefangen, den traditionellen Rosenmontagszug, der früher mittags durch die Straßen zog, auf einen anderen Tag zu verlegen und zu anderer Uhrzeit stattfinden zu lassen, nämlich am Abend, in die Nacht hinein. Aufgrund der guten Resonanz machten andere Dörfer es bald ebenso, und auch hier im Ort gab es seit ein paar Jahren diese abendliche Veranstaltung. Er selbst konnte allem, was mit Karneval, Fastnacht oder Fasching zusammenhing, nicht wirklich viel abgewinnen. Vor ein paar Jahren, als die Kinder noch Freude am Verkleiden und Schminken hatten und gerne einmal in andere Rollen schlüpften, waren sie gemeinsam losgegangen, um den Zug zu sehen. Mit großen Tüten ausgestattet hatten sie Süßigkeiten aufgesammelt, die von den Narren auf den Wagen den Narren am Straßenrand zugeworfen wurden, Bonbons und kleine Tütchen, die sie stolz nach Hause trugen. Was nach den Karnevalstagen noch nicht aufgegessen war, wurde während der Fastenzeit in einem großen Bonbonglas oder einer bunten Dose aufbewahrt. Aber mittlerweile waren den Kindern weder die Verkleidungen noch die Süßigkeiten so wichtig, sie freuten sich einfach über ein paar schulfreie Tage. Der erste Nachtumzug war noch an ihrer Haustür vorbei gerollt, Eltern und Kinder hatten am Fenster und in der Haustür gestanden, um die bunt beleuchteten Wagen zu bestaunen, von denen laute Musik dröhnte. Jetzt war die Streckenführung geändert, man musste also schon wirklich ins Dorf gehen, um etwas zu sehen. Wie wäre es, einfach einmal hinzugehen? Und wie wäre es, an einem der Stände, die es entlang der Zugstrecke gab, etwas zu trinken? Er schlug es seiner Frau vor, die sich zwar darüber wunderte, aber doch spontan einwilligte: „Ja, das machen wir!"

Am Tag der Veranstaltung war es richtig kalt. Sie zogen sich an wie für eine Winterwanderung, warme Schuhe vor allem, weil man ja vermutlich eine Weile in der Kälte herumstehen würde; sie legte sich eine bunte Federboa um die Schultern, er setzte sich einen großen Cowboyhut auf, und so gingen sie los. Typische Karnevalsmusik war schon zu hören. Das Ehepaar spazierte Richtung Getümmel und erreichte einen Stand, bei dem es mit einigem Hallo von ein paar bekannten Gesichtern begrüßt wurde. „Seid ihr bereit für die fünfte Jahreszeit?" rief ihnen jemand entgegen und prostete ihnen zu. Sie antworteten mit einem fröhlichen „Helau!", kauften ein Glas Wein und unterhielten sich mit den Umstehenden, bis die ersten geschmückten und bemalten Wagen vorbeirollten und von allen aufmerksam betrachtet wurden. Ein wenig Dorftratsch, ein wenig große Politik - die Themen der Wagen waren bunt gemischt.

Als das Ehepaar später nach Hause ging, sagte sie, eigentlich sei ihr diese Nachtveranstaltung ja doch nicht ganz geheuer, lieber würde sie wie früher am Rosenmontag einen Zug gucken gehen. Da erwiderte ihr Mann: „Das glaube ich nicht! Wenn wir vor Jahren mit den Kindern zum Zug gingen, hättest du manchmal lieber zuhause am Fernsehschirm die Übertragung der Züge aus Köln, Mainz und Düsseldorf verfolgt!" „Du hast recht!", musste sie zugeben, schmunzelte über ihren Mann mit seinem Cowboyhut und dachte: Kinder und Narren sagen die Wahrheit.

Kinderkappensitzung

„Nach dem Essen sollst du ruh´n..." - „...oder tausend Schritte tun!" Gern zitierten die Eheleute sonntags nach dem Mittagessen diesen alten Spruch und entschieden sich dann mal für das eine, mal für das andere. Heute wollten sie eine Runde gehen, das Wetter an diesem Februartag war kalt, aber sonnig. Sie zogen sich warm an und gingen los, zunächst der Sonne entgegen, dann die schon wärmenden Strahlen im Rücken. Spaziergänger trafen sie nicht, aber als sie auf dem Rückweg an der Bürgerhalle vorbeikamen, war dort einiges los. Verkleidete Kinder wurden gerade von ihren Eltern abgesetzt oder kamen in Grüppchen angelaufen. „Achja, heute ist die Kinderkappensitzung!" sagte sie zu ihrem Mann. „Na, da müssen wir ja nicht mehr hin", antwortete er – die eigenen Kinder waren mittlerweile erwachsen.
Bei einer Gruppe verkleideter Mädchen erkannte sie die Enkelin einer Bekannten. Ganz traurig schaute das Mädchen, darum sprach sie es an: „Was ist los, warum guckst du denn so traurig?" Das Kind antwortete: „Meine Oma kann nicht kommen, sie hat so schlimme Kopfschmerzen, und daran bin ich schuld..." -

„Warum das denn?" Nun erklärte das Mädchen, sie habe gestern Nachmittag nach der Probe für den heutigen Auftritt gemerkt, dass sie dringend noch etwas für die Haare brauchte, darum sei die Oma noch mit ihr in den Drogeriemarkt gefahren. Das sei schon ziemlich hektisch gewesen, stressig eben so kurz vor Ladenschluss – und nun habe die Oma heute morgen angerufen und gesagt, sie habe so starkes Kopfweh, dass sie nicht zur Sitzung käme. „Das ist schade... aber deine Eltern kommen doch sicher? Und bestimmt geht es deiner Oma nachher wieder besser", versuchte sie das Mädchen aufzumuntern. Dann verschwanden die Kinder in der Halle. Das Ehepaar spazierte heimwärts.

Und die Oma? Am Morgen war sie mit fürchterlichen Kopfschmerzen aufgewacht. Früher hatte sie häufig darunter gelitten. In den letzten Jahren kam das zum Glück nicht mehr so oft vor, aber wenn, dann waren die Kopfschmerzen wirklich schlimm – so hatte sie morgens nach dem Aufstehen kurz bei Sohn und Schwiegertochter per Telefon Bescheid gesagt. Es tat ihr leid, sie wusste, die Enkelin hatte für die Eltern und die Oma Plätze in der ersten Reihe reserviert, nun würde ihr Platz leer bleiben. Sie nahm eine Kopfschmerztablette, trank ein großes Glas Wasser und legte sich wieder hin.

Das Schmerzmittel oder die Ruhe oder

einfach beides halfen dieses Mal so wunderbar, dass sie gegen Mittag mit einem guten Gefühl aufstand. Sie kleidete sich an und merkte, dass sie sich die Kappensitzung zutrauen konnte. Vielleicht konnten Sohn und Schwiegertochter sie noch mitnehmen? Die Kleine hatten sie sicher schon zur Halle gebracht, weil ja alle Akteure etwas früher dasein sollten. Sie rief an und sagte: „Ich fühle mich wieder fit, ich möchte gerne mit!" Beide Seiten schmunzelten über den Reim, und wenig später fuhren sie gemeinsam zur Bürgerhalle. Nebeneinander nahmen sie in der ersten Reihe die reservierten Plätze ein, und als wenig später die Tanzgruppe der Mädchen auf die Bühne wirbelte, strahlte die Oma ihre Enkelin an – und das Gesicht des Mädchens hellte sich auf, als es beim Blick ins Publikum Eltern und Oma entdeckte. Nun konnte der eingeübte Tanz fröhlich vorgeführt werden!

Der kleine Spaziergang

„Leichte Kost, ausreichend Schlaf, frische Luft – gehen Sie spazieren!" Die Stimme des Arztes hatte mahnend geklungen, vielleicht sogar ein wenig besorgt, dachte er. Oder bildete er sich das nur ein? Der Infekt war heftig gewesen, das Fieber hoch, Tag und Nacht hatte er wie im Delirium gelegen, sich nach zwei Tagen zum Arzt geschleppt, dann dauerte es noch drei Tage, bis das verordnete Antibiotikum anschlug. Eine Woche lang hatte er sich todkrank gefühlt, jetzt war das Fieber endlich abgeklungen, die Schwäche aber geblieben. Dass er eine weitere Woche zuhause bleiben sollte, hatte der Arzt ihm geraten, und er hatte nicht widersprochen, obwohl es ihm gegen den Strich ging, so lange zu fehlen – zwei Wochen! Er konnte sich nicht erinnern, schon einmal so lange zuhause geblieben zu sein. Mal zwei oder drei Tage wegen einer Erkältung oder wegen eines Magen-Darm-Infekts, aber zwei Wochen?! Egal, jetzt war es so, und er „feierte" ja nicht krank, wie es so schön hieß, sondern war es wirklich. Nun war er aber endlich fieberfrei!

„Gehen Sie spazieren!" War das nicht etwas für alte Leute oder für Mütter mit Säuglingen im Kinderwagen? Oder für Liebespaare? Zuhause angekommen raffte er sich trotzdem auf. Es war spät am Vormittag. Einmal um die Häuser in seinem Wohnviertel, einem Neubaugebiet... Er ging mit gleichmäßigen Schritten, betrachtete die noch kahlen Vorgärten. Noch war es winterlich kalt, der Frühling ließ auf sich warten. Er grüßte den Nachbarn, der gerade ins Auto stieg, und die Nachbarin, die eine Mülltonne an die Straße schob, plauderte ein wenig. Natürlich wunderte man sich darüber, dass er um diese Uhrzeit daherspazierte, aber das war ja schnell erklärt, und so ging er mit einigen Gute-Besserung-Wünschen weiter und heimwärts. Zuhause merkte er: Bewegung und frische Luft hatten gut getan, aber ihn auch sehr ermüdet – er kochte sich einen Tee, ruhte sich aus.

Nun ging er jeden Tag nach dem Frühstück und nach dem Blick in die Tageszeitung seine Runde. Von Tag zu Tag lief er schwungvoller, fühlte sich besser und freute sich schließlich, als die zweite Krankheits-woche zu Ende ging, dass er sich wirklich wieder gesund genug fühlte, um zur Arbeit zu fahren.

Als er nach dem ersten Arbeitstag nach Hause kam, geschah es fast automatisch: er ging ins Haus, begrüßte Frau und Kinder und sagte: „Ich mach noch eine Runde!"

Die Kinder, mittlerweile große Jugendliche, saßen an den Hausaufgaben, sagten „okay"

und kümmerten sich nicht weiter, aber seine Frau sagte: „Wenn du einen Moment wartest, geh ich mit!"
So wurde es bald zu einem kleinen Ritual: Nach Feierabend spazierten sie gemeinsam eine kleine Runde. Sie gingen nebeneinander, plauderten über den Tag, über die Kinder, nahmen sich bald bei der Hand – und schmunzelten darüber, denn sie fühlten sich an die Anfangszeit ihrer Beziehung erinnert. Beide spürten, dass es nicht selbstverständlich war, nach fast zwanzig Ehejahren noch miteinander spazierengehen zu können – so manches Paar im Bekanntenkreis lebte getrennt oder war geschieden, zwei Freunde waren bereits verwitwet.

„Ich bin so dankbar", sagte mal er, mal sie, das war ein sehr schönes und vebindendes Gefühl. Der kleine Spaziergang machte es möglich. So war der Infekt doch für etwas gut gewesen – vielleicht hätten sie sonst das Ritual nicht begonnen.

Ein Konzertbesuch

Eine Freundin, die Kontrabass spielte, hatte sie auf den Termin aufmerksam gemacht: ein Konzert von Orchester und Chor der Universität, Sonntagabend, in der Stadt. Lange war sie nicht mehr in einem Konzert gewesen, auch jetzt fürchtete sie, zu erschöpft zu sein für die Anfahrt von gut einer halben Stunde, für das aufmerksame Dasitzen im Saal, für die Rückfahrt. Aber ihr Mann, der die Strecke als täglichen Weg zur Arbeit kannte, nahm ihr die Bedenken. Ja, sie würden hinfahren. Tochter und Sohn hatten leider keine Lust.

Als sie im Alter ihrer Kinder gewesen war, gab es einmal pro Jahr ein Konzert ihres Klavierlehrers. Wer bei ihm Unterricht hatte, ging selbstverständlich in dieses Konzert! Es war beeindruckend, was der Pianist bot: Beethoven, Mozart, Chopin, Schumann – teils leidenschaftlich und energisch, teils zart und verträumt, und, was sie immer besonders faszinierte: alles auswendig! Die Konzerte fanden in der Aula der Schule statt, ein schlichter, großer Saal, auf der Bühne ein schwarzer Flügel. Fast schämte sie sich, wenn Stuhlreihen leer blieben, dachte öfter, der Künstler hätte Größeres verdient als wenig begabte Jugendliche zu unterrichten. Aber der Lehrer, ein höflicher, bescheidener Japaner, versorgte wohl seine alte Mutter und wollte darum keine Konzerttourneen, sondern ein geregeltes Leben.

Das Konzert heute fand in einer ehemaligen Kirche statt, die als Schulturnhalle und als Konzertraum genutzt wurde. Nachdem sie an der Abendkasse noch Karten erworben hatten, nahmen sie Platz und ließen alles auf sich wirken: den großen Kirchenraum, das Geplauder der Besucher, schließlich das Stimmen der Instrumente. Sie entdeckte die Freundin am Kontrabass. Anfangs fühlte sie sich noch irritiert durch die Basketballkörbe an der Seitenwand und auch durch das Kreuz hinter dem Orchester, aber als das Musizieren begann, gab es nur noch das Wahrnehmen der Musik. Die Akustik war wundervoll, davon hatte sie bereits gehört, nun erfuhr sie es selbst. Schnell überflog sie, was im Programmheft zu den ausgewählten Musikstücken stand, dann ließ sie sich verzaubern – das Orchester spielte engagiert, sowohl der Dirigent als auch die Musikerinnen und Musiker wirkten sympathisch und voller Energie. Sie bedauerte, dass ihre Kinder das Konzert nicht miterlebten. Es kam ihr so vor, als ob ein sanftes, großes Lächeln von den Akteuren ausging und sich über die Zuhörer legte – und zugleich über alles, was an kleinen und größeren Sorgen in den

Köpfen der Anwesenden herumgeistern mochte. Sie atmete tief und gleichmäßig, als ob sich so von der Energie etwas aufnehmen ließe, und fühlte sich nach einigen Minuten weniger müde als noch zu Beginn des Abends. Antonin Dvorak, Symphonie Nr. 9. Die Musik tat gut. Später gab es eine Pause, man plauderte, trank etwas, hörte dann noch einige weitere Stücke, der Chor sang, Chor und Orchester musizierten miteinander, präsentierten auch ungewohntere Kost für die Ohren. Der Beifall war fröhlich und ausdauernd, so dass noch zwei Zugaben folgten, bevor das Konzert endete.

Als sie nach Hause kamen, saßen Sohn und Tochter friedlich im Wohnzimmer, hörten mit ihren Kopfhörern Musik – und die entspannten Gesichtszüge der beiden bestätigten einfach, was die Eltern im Konzert erlebt hatten: Musik tut gut!

Ohne Auto unterwegs

„Soll ich Sie mitnehmen?" Ein Auto hielt neben ihm. Den Fahrer, der ihn das freundlich fragte, kannte er vom Sehen. „Nein, ich will laufen, vielen Dank!" antwortete er. Der Mann am Steuer nickte ihm zu und fuhr weiter. War es so ungewöhnlich, zu Fuß unterwegs zu sein? Wahrscheinlich! Normalerweise, das musste er zugeben, erledigte er fast alles mit dem Auto. Der Weg zur Arbeit ließ sich gar nicht anders bewältigen. Mit drei Kollegen hatte er eine Fahrgemeinschaft für einen Teil der Strecke gebildet. Sie trafen sich morgens auf einem sogenannten Mitfahrerparkplatz an der Autobahnauffahrt und fuhren dann den Rest der Strecke gemeinsam in einem Auto weiter. Sie wechselten sich ab, sodass jeder weniger Benzin verbrauchte, und die Zeit im Auto bot oft Gelegenheit, über den Alltag zu reden oder auch im Gespräch über andere Dinge etwas Abstand zur Arbeit zu bekommen.

Wie die meisten Leute fuhr er sozusagen jeden Meter. Auf das Auto zu verzichten fiel schwer. Auch wenn man laufen könnte, fand sich irgendeine Ausrede: die Zeit war zu knapp, das Wetter zu schlecht, die Einkäufe waren zu schwer, die Postsendungen zu groß. Heute hatte er aber tatsächlich alle Ausreden entkräften können. Er freute sich über einen freien Tag, hatte einen letzten alten Urlaubstag quasi nehmen müssen, damit er nicht verfiel. Natürlich hatte er sich gleich einiges für diesen Tag vorgenommen, aber für den Weg zur Post reichte die Zeit trotzdem. Eine Sendung musste abgegeben werden: Der Sohn hatte sich im Internet ein T-Shirt bestellt, das leider nicht passte und deshalb zurückgeschickt werden musste. Klein und leicht war das Päckchen, das Wetter zum Laufen ideal, und so weit war der Weg wirklich nicht. Die Poststelle, die vorher in einem Lebensmittelgeschäft untergebracht gewesen war, befand sich mittlerweile in einem Raiffeisenmarkt. Die Mitarbeiter hatten sich schnell in ihren neuen Tätigkeitsbereich eingearbeitet. Briefsendungen unterschiedlicher Art, Paketannahme, Postwertzeichen – das gehörte alles dazu.

Höflich grüßend betrat er den Markt und legte die kleine Retoursendung auf den Schalter. Ein Mitarbeiter scannte das Päckchen ein, druckte den Beleg aus und gab ihm den Zettel, den er ins Portemonnaie steckte. „Dankeschön, auf Wiedersehen!" Er verließ die Poststelle und machte sich auf den Heimweg. In einiger Entfernung sah er einen langsam gehenden älteren Mann, der eine offensichtlich schwere Tasche trug. Als er ihn einholte, erkannte er einen Nachbarn, den Witwer aus dem Eckhaus am Anfang seiner Straße. „Guten Morgen, auch ausnahmsweise zu Fuß unterwegs?" sprach er ihn an. Der Angesprochene nickte. „Ja, mein Wagen ist in der Werkstatt heute, und ich dachte, den Einkauf kann ich doch mal eben so erledigen, ist ja nur für mich alleine – aber man kauft doch mehr, als man denkt, die Tasche ist ziemlich schwer!" „Geben Sie mal her, ich trage sie Ihnen ein Stück!" Kurzentschlossen nahm er dem überraschten Mann, der das noch ablehnen wollte, die Tasche ab. Gemäßigten Schrittes gingen sie weiter, plauderten über das ein oder andere, standen schließlich vor dem Eckhaus. Die Tasche wechselte wieder den Träger, und der Mann dankte ihm: „Da haben Sie heute schon ein gutes Werk getan!" - „Gern geschehen", lachte er und dachte: mir selbst hab ich auch etwas Gutes getan; das Zufußgehen sollte ich mir öfter gönnen!

Kaffeeklatsch bei Mathilde

Vier Frauen saßen da in Mathildes Küche zusammen. Der Tisch war freundlich gedeckt, der Kaffee gekocht, eine Käsesahnetorte und ein mit dunkler Kuvertüre überzogener Früchtekuchen standen appetitlich bereit. Es hatte schon Tradition, sich anlässlich des Geburtstags in gemütlicher, kleiner Runde zu treffen. Zwar lag der Anlass jetzt zwei Monate zurück, die Grippewelle war dazwischengekommen, nun aber plauderten wir vier. Meist hatten wir in den letzten Jahren über ärgerliche oder erfreuliche Kleinigkeiten im beruflichen Alltag gesprochen, über Sorgen um die altwerdenden Eltern, über die heranwachsenden, flügge werdenden Kinder. Diesmal jedoch ging es um das ein oder andere Zipperlein, um den ein oder anderen Arzttermin. Jede hatte dazu etwas zu erzählen, bis Mathilde energisch ausrief: „Wir reden ja nur über Krankheiten – ich glaub, wir werden alt!" Ja, hoffentlich, ging es mir spontan durch den Kopf. Hoffentlich werden wir alt, hoffentlich dürfen wir alt werden und sterben nicht vorher! Diesen Gedanken behielt ich aber für mich, weil im selben Moment einer der beiden mittlerweile erwachsenen Söhne in die Küche kam. Er begrüßte uns reihum per

Handschlag. Kuchen essen wollte er nicht, denn er war mit seiner Freundin verabredet und wollte mit ihr einkaufen fahren. Darum verabschiedete er sich auch gleich wieder. Uns fiel auf, dass Mathilde noch gar nicht die Geschenke ausgepackt hatte, was sie nun nachholte: zwei Bücher. Eines mit sehenswerten Orten in der Eifel – sie wandert gern. Ein Reiseführer über Irland – ihr Reiseziel im Sommer. Dabei kam noch ein weiteres Reisevorhaben zur Sprache: Im Herbst soll es nach Israel gehen! Davon hatte ich noch nichts gewusst. Ich bewunderte die Courage und fragte etwas naiv, ob eine solche Reise angesichts der weltpolitischen Lage überhaupt stattfinden würde. Es war ja eine Studienreise, also nichts auf eigene Faust. Würde der Veranstalter bei zu hohem Risiko nicht vielleicht noch alles absagen? Wir tauschten uns ein wenig über die neuesten Nachrichten von US-Präsident Trump aus und darüber, was wir über die Lage in Israel wussten und dachten. Angst hatte Mathilde nicht. „Passieren kann doch überall etwas – da dürfte man ja nirgendwo mehr hinfahren!" Bestätigend nickten wir, dachten an Meldungen über Attentate in der letzten Zeit, hatten die Bilder der Fernsehnachrichten vor Augen, und ich fügte hinzu: „Man kann sterbenskrank werden, ohne etwas Besonderes unternommen zu haben oder irgendwo gewesen zu sein! Einfach so, aus heiterem Himmel! Da gibt es doch dieses treffende Zitat von Erich Kästner: Seien wir ehrlich: Leben ist immer lebensgefährlich!" „Ja, genau", stimmten die anderen mir schmunzelnd zu. Trotz traurigmachender Beispiele in unserem Bekanntenkreis konnte die Runde über meine Bemerkung lächeln. Sicher war es ein wohl eher trauriges Lächeln, vielleicht aus unserer Lebenserfahrung oder sogar aus einer gewissen Lebensweisheit heraus, aber – wie Mathilde immer sagt: Was soll´s! Sie freut sich auf ihre Urlaubsreise, und ich bin gespannt, was es danach alles zu erzählen geben wird, spätestens nächstes Jahr, wenn es hoffentlich wieder heißt: Wir treffen uns zum Kaffeeklatsch bei Mathilde!

Hauptsache

Auf der Autobahn herrschte Hochbetrieb. Dicht an dicht fuhren die vielen Autos und Lastwagen, aber sie fuhren wenigstens, es gab keinen Stau. Die Strecke war ihm vertraut, er kannte die Route mittlerweile gut. Seit einigen Jahren fuhr er hier am Montagmorgen in der Frühe hin und am Freitagmittag, also zum Wochenende, zurück. Die Firma, in der er vorher viele Jahre lang angestellt gewesen war, hatte ausgerechnet in dem Jahr, als seine Frau und er mit den drei Kindern aus der Mietwohnung ins eigene Haus umgezogen waren, Konkurs anmelden müssen. Hauptsache, nicht arbeitslos werden, hatte er damals gedacht. Die Finanzierung des Eigenheims war schließlich ein größeres, wenn auch gut durchgerechnetes Projekt. Hauptsache, Arbeit behalten! Es ging dann in einer anderen Firma für ihn weiter, allerdings leider um den Preis, dass er während der Woche von seiner Familie getrennt war. Seine Frau und er hatten sorgfältig überlegt und abgewogen, was alles zu bedenken war: das gerade bezogene Haus, die Arbeitsstelle seiner Frau, die Schule der Kinder, der Freundeskreis, das ehrenamtliche Engagement in Gemeinde und Pfarrei - und schließlich hatten sie es so entschieden. Er hatte in der Nähe des neuen Arbeitsplatzes für sich ein Zimmer gemietet. Die räumliche Trennung war nicht immer leicht, aber die Familie hatte sich darauf eingestellt und kam mit der Situation gut zurecht. Er telefonierte jeden Tag mit seiner Frau. An den Wochenenden wurde manches besprochen und erledigt, um das man sich sonst während der Woche hatte kümmern können. Einige Jahre ging das nun schon so; bis zu seiner Rente würden sie es auch noch schaffen.

Jetzt also die übliche Rückfahrt am Freitag. Wie so oft gab es heute wieder wegen einer langen Baustelle gesperrte oder verengte Fahrbahnen und Geschwindigkeits-begrenzungen, mit solchen Verzögerungen musste man eigentlich immer rechnen. Kilometerlang bummelte der Verkehr dahin, bis die Baustelle endete und die Autos endlich wieder zügig fahren konnten. „Wir danken für Ihr Verständnis!" war hier in blauen Buchstaben auf einem weißen Schild zu lesen. Verständnis, naja, was bleibt einem anderes übrig, dachte er, bemerkte aber beim Blick zur Seite, dass andere Autofahrer wenig verständnisvoll aussahen, sondern verärgert oder ungeduldig mit mürrischem Gesichtsausdruck am Steuer saßen. Hauptsache, heil zuhause ankommen, auch wenn es etwas später wird, dachte er. Sich jetzt aufregen oder herumärgern ändert ja überhaupt nichts! Zum Glück hatte seine Frau dafür Verständnis, dass er nicht auf die Minute pünktlich zum Kaffee zuhause sein konnte. Hauptsache, gesund bleiben, das war auch so ein Gedanke, der sowohl ihm als auch seiner Frau öfter durch den Kopf ging. Schließlich waren sie beide verantwortungsbewusst und wollten ihre Aufgaben so gut wie möglich erfüllen.

Als er an diesem Freitag nach Hause kam und seine Frau begrüßte, lachte er sie an mit den Worten: „Wir danken für Ihr Verständnis!" Seine Frau schaute etwas irritiert und fragte ihn, was er meine. Er erzählte ihr vom Betrieb auf der Autobahn, von der Baustelle, von dem Schild und von seinen Gedanken dazu. Beide erinnerten sich an die Entscheidungsfindung damals, als der Arbeitsplatzwechsel anstand. Hauptsache, Arbeit haben... Hauptsache, gesund bleiben... und beide kamen jetzt zu dem Ergebnis: Hauptsache, zufrieden sein!

Der Vogelschirm

Jeden Tag eine Stunde nach draußen! Das war ein Vorsatz, den sie tatsächlich ganz gut umgesetzt hatte in den letzten Wochen, und sie merkte, dass ihr das wirklich gut tat: Eine Stunde, manchmal sogar etwas länger, manchmal kürzer, an die frische Luft zu gehen und zu Fuß unterwegs zu sein, abzuschalten von der Arbeit, etwas Abstand zum Alltag zu gewinnen und die Natur zu betrachten. Besonders gern beobachtete sie die Vögel, konnte auch eine ganze Reihe von Gesängen erkennen und zuordnen. Das war schön, das machte den Kopf frei und hatte Erholungswert, kleine Urlaubsmomente im Alltag. Meist ging sie allein. Heute hatte sie sich mit einer Bekannten verabredet, sie würde zu ihr fahren, dann wollten sie eine Runde gehen. Gestern noch hatte die Bekannte angerufen und nachgefragt, ob sie auch wirklich spazieren würden, weil es ja dauernd regnete! „Aber ja, wir gehen", hatte sie geantwortet und noch hinzugefügt: „Ich bringe meinen Vogelschirm mit!"
Zum verabredeten Zeitpunkt regnete es nicht. Der Himmel war zwar bewölkt, aber nach Regen sah es nicht aus, der Schirm konnte im Auto bleiben, sie gingen gleich los. Erst an den Häusern vorbei, dann aus

dem Wohngebiet hinaus, zwischen Feldern geradeaus, ein wenig bergauf, über eine Brücke – sie genoss die Luft und den weiten Blick, die Aussicht ins Tal und auf die andere Seite des Flusses, hörte geduldig der Bekannten zu, die ununterbrochen redete: Kleinigkeiten aus dem Alltag, Meinungsverschiedenheiten mit den heranwachsenden Kindern, Sorgen um die alten Eltern...Hin und wieder fragte sie irgendetwas, sagte zwischendurch zu irgendeiner Aussage ihre Meinung oder gab vorsichtig einen gutgemeinten Rat, hörte aber hauptsächlich einfach zu und schaute dabei rechts und links, welche Vögel hier gerade zu entdecken wären. Merkte die Bekannte denn gar nicht, in welch wunderbarer Natur sie hier unterwegs waren? Sah und hörte sie denn nichts davon? Sie redete ja die ganze Zeit, ohne Punkt und Komma!

An einem Garten blieb sie kurz stehen. „Schau mal, eine Goldammer!" Die Bekannte reagierte verdutzt: „Was, wo? Kenne ich gar nicht! Wie sieht eine Goldammer denn aus?" Sie zeigte auf den kleinen Vogel, beschrieb den zitronengelben Kopf, die braune, gestreifte Oberseite, die leuchtend gelbe Unterseite, erwähnte auch den hübschen Gesang, der gerade natürlich nicht zu hören war. Für einen Moment hielten beide Frauen inne, betrachteten den kleinen Vogel ganz still. Dann gingen sie, nun beide schweigend, langsam weiter. Als hätte der Anblick der kleinen Goldammer die Kleinigkeiten des Alltags beiseite geschoben! So beendeten sie ihre Runde beide mit einem Gefühl der Ruhe. Beim Verabschieden fragte die Bekannte noch: „Du hast von einem Vogelschirm gesprochen... Was hat es damit auf sich?" - „Warte, ich zeige ihn dir!" antwortete sie, holte den Regenschirm aus ihrem Auto und spannte ihn auf. Acht verschiedene Vögel waren darauf abgebildet, in der Größe angeglichen, so dass der kleine Zaunkönig genauso groß aussah wie der Buntspecht. Außerdem waren Kohlmeise und Blaumeise, Bachstelze und Rotkehlchen, Buchfink und Haussperling zu erkennen. „Einige dieser Vögel haben wir heute gesehen und gehört, einige treffen wir vielleicht beim nächsten Spaziergang!" - „Ja, und vielleicht auch wieder eine Goldammer, die erkenne ich jetzt bestimmt! Also: Auf Wiedersehen, bis nächstes Mal!"

Bücher sind Lebensmittel

„Ein Buch ist ein Grundnahrungsmittel", diese Schlagzeile in der Tageszeitung ließ mich schmunzeln. Im Bericht ging es darum, wie zwei Autoren, die einen besonderen Bezug zur Region haben, in dieser Zeit der Corona-Krise arbeiteten, worüber sie schreiben wollten und was sie planten in diesen Wochen. Bei der Überschrift dachte ich sofort an eine Freundin, die vor wenigen Jahren eine Buchhandlung in einer Kleinstadt in der Nähe übernommen hat. Es war ein mutiger Schritt gewesen, fand ich, aber wenn man sich einen Traum erfüllen möchte, ist Mut eben gefragt. Nur mit der jetzigen Krise hatte keiner rechnen können! Dann war das Geschäft geschlossen gewesen. Denk an uns, schrieb sie, und: Hoffen wir, dass wir alle ohne großen Schaden davonkommen; dass wir nicht so viele wirtschaftliche Einbußen haben. Ihr Mann und sie selbst waren trotzdem täglich ins Geschäft gefahren, hatten Bestellungen, die online oder per Telefon eingingen, für den Versand fertig gemacht und einiges gelesen. Jetzt durfte die Buchhandlung wieder öffnen, aber natürlich war damit nicht alles einfach wieder gut. Noch waren die Schulen geschlossen, also fehlten die Schüler, außerdem waren keine Touristen unterwegs. Im Laden mussten sie wegen der Hygienevorschriften einige Schutzvorkehrungen treffen, was den Alltag auch erst einmal anstrengender machte. Das ein oder andere Buch hatte ich in den letzten Jahren telefonisch oder online bei ihr bestellt, sie hatte es mir dann zugeschickt – zum Abholen war die Entfernung doch zu weit. Im Moment brauchte ich selbst leider nichts, denn zum Geburtstag hatte ich einige Bücher geschenkt bekommen, die ich noch nicht gelesen hatte. Aber mein Sohn musste zwei Lektüren für die Schule kaufen, außerdem wollte ich meinem Neffen zu Ostern Bilderbücher für seine kleinen Töchter schenken, das waren immerhin zwei Bestellungen. Ich bestellte per Telefon, die Lieferung kam ziemlich prompt. Gern wollte ich die Buchhandlung noch mehr unterstützen! Für die Tochter einer Kollegin suchte ich ein Geschenk zur Erstkommunion. Die Buchhändlerin beriet mich geduldig und kompetent, schlug mir mehrere interessante Bücher vor, aus denen ich zwei auswählte. Eines war eine Sammlung von Geschichten, das andere ein Roman, ein Tier-Verwandlungs-Abenteuer, richtig schön zum Schmökern, sowohl für Jungen als auch für Mädchen geeignet. Beide Bücher las ich mit Genuss erst selbst, bevor ich sie hübsch verpackte. Demnächst würde ich das Päckchen zur Post bringen. In der Nachbarschaft wohnten ebenfalls Kinder, die zur Erstkommunion gehen würden, zwei Mädchen und zwei Jungen. Es war üblich, Glückwunschkarten zu schreiben und einen kleinen Geldschein hineinzulegen. Das hatte ich bei meinen eigenen Kindern so erlebt, und das hatte ich selbst ebenso gehalten. In diesem Jahr fragte ich mich allerdings, ob ich mich an dieses ungeschriebene Gesetz halten wollte – und ich beschloss: ich wollte nicht! Zwar wusste ich nicht, ob diese Kinder gerne lasen, aber vielleicht könnte das Schmöker-Kinderbuch sogar die Freude am Lesen wecken! Darum bestellte ich es viermal und freute mich schon darauf, die Bücher zu verschenken – irgendwann. Denn erst einmal fanden ja noch keine Erstkommunionfeiern statt! Aber irgendwann würden sich die Kinder hoffentlich über die Glückwünsche und über die Bücher freuen. Und ich freute mich jetzt schon, weil ich etwas Schönes verschenken konnte – und war froh, die Buchhändlerin unterstützt zu haben.

Wolkenbilder

Der Himmel war leuchtend blau. Ein kräftiger Wind schob dicke Wolken vor sich her, regelrechte Ungetüme in strahlendem Weiß. Unbeschwert tobten die Kinder der Grundschule auf dem Schulhof herum, der Wind ließ sie scheinbar noch lebhafter werden. „Schaut euch mal die Wolken an!" forderte Frau Weber ihre Schüler auf. „Wie sehen sie aus?" Nun begann ein regelrechter Wettstreit. Ein Schiff, ein Riese, ein Eisbär! Ein Delfin, ein Wal, ein Dinosaurier! Alle riefen durcheinander, jeder entdeckte noch etwas Neues, manche erfanden gleich noch halbe Geschichten dazu. Die Wolken erzählen uns etwas, meinten einige. Nur Felix hielt sich aus dem Spiel heraus. Mit ernstem Gesicht, die Hände in den Hosentaschen, stand er neben den tobenden Mitschülern, sagte schließlich: "Haltet doch mal die Klappe!"

„Der Felix ärgert uns", beklagten sich zwei von den Mädchen. Der jammernde Tonfall war gespielt und übertrieben, aber auch fordernd. Frau Weber ging ein wenig auf Felix zu und schaute ihn fragend an. Der Junge sah traurig aus. „Was ist denn los?" - „Ich find die Wolken doof... so viele Wolken... bestimmt regnet es am Wochenende, und dann macht mein Papa keine Fahrradtour mit mir. Wenn´s regnet, fahren wir nicht, hat er gesagt." - „Felix, soviel ich weiß, ist die Vorhersage gar nicht so schlecht. Wolken bedeuten nicht immer Regen, warte mal ab!" Skeptisch schaute der Junge sie an.

Das Wetter blieb am Wochenende wirklich gut. Nachmittags bereitete Frau Weber den Unterricht vor. Sie suchte ein Arbeitsblatt zum Thema „Wetter" heraus, auf dem einige Abbildungen und einfache Erklärungen zu drei besonders häufig vorkommenden Wolkenarten zusammengestellt waren. Das Blatt würde sie vor dem Unterricht noch für alle kopieren. Bei der Suche im Internet nach Kunstwerken, auf denen Wolken gemalt waren, entschied sie sich für ein Werk von Claude Monet: Die Uferpromenade von Argenteuil. Sie speicherte das Bild auf einem USB-Stick und würde es dann den Schülerinnen und Schülern zeigen können, da der Klassenraum über einen Computer und einen Beamer verfügte.

Am Montagmorgen lasen die Kinder zunächst die Informationen zu den verschiedenen Wolkenformen auf dem Arbeitsblatt, dann betrachteten sie das Bild von Monet, besonders die Formen und Farben der Wolken, bevor sie selbst zu malen anfingen. „Landschaft mit Wolken" hatte Frau Weber als Arbeitsauftrag gegeben. Es wurde still, die Kinder vertieften sich in ihre Aufgabe. „Der Felix malt ganz falsch!" Wieder dieser jammernde, anklagende Tonfall. „Der malt bunte Bälle in seine Wolken!" „Das sind doch keine Bälle", wehrte Felix sich zaghaft und fuhr leise fort: „Wir haben doch gesagt, Wolken können etwas erzählen..." Frau Weber betrachtete das Bild. Da waren tatsächlich drei Kugeln, eine hellrote, eine zartgrüne, eine blassgelbe, nebeneinander in einer Wolke zu erkennen. Um ihn zu unterstützen, fragte sie: „Wovon erzählt denn deine Wolke?" Nach kurzem Zögern fing Felix an zu erklären. „Am Sonntag habe ich mit meinem Papa eine Fahrradtour gemacht, richtig lange, richtig weit. Zum Abschluss sind wir in eine Eisdiele gegangen, und ich habe ein leckeres Eis gegessen: Erdbeere, Pistazie, Vanille!" - „Ach, das sollen Eiskugeln sein auf deinem Bild! Lecker! Können wir auch mal in die Eisdiele?" fragten die Kinder. Frau Weber nickte: „Für den nächsten Wandertag könnte das passen!" „Da hat der Felix uns aber auf eine gute Idee gebracht", sagte eines der Mädchen, endlich in einem normalen Ton.

Goldene Hochzeit

„Hermann-Josef, was willst du denn hier?!"
Der Angesprochene schaute irritiert. So war er ja in den ganzen Jahren noch nie zur Chorprobe begrüßt worden! „Wir üben doch heute für euer Dankamt zu eurer Goldhochzeit, da kannst du doch nicht mitsingen!" erklärte die Frau, die so gefragt hatte. Hilfesuchend guckte er zu seinen Sangesbrüdern. Einer sagte: „Komm, setz dich her! - Wo er schon mal da ist, kann er doch auch bleiben, oder?"
Der Chorleiter, der gerade hereingekommen war, nickte den Männern wohlwollend zu. Öfter schien ihm der Chor wie eine lebhafte Schulklasse, in der es immer etwas zu besprechen oder zu klären gab, obwohl oder vielleicht gerade weil die Sängerinnen und Sänger sich seit Jahren, teils seit Jahrzehnten kannten. Jeden Donnerstag trafen sie sich zur Probe. Auch das Gesellige war den meisten wichtig. Früher hatte man ja auf dem Dorf sonst nichts gehabt! Nur in den Chor hatten die jungen Frauen alleine gehen dürfen.
Wie eine Schulklasse! Wenn er mit den einen übte, fingen die anderen an zu reden. Meist ließ er sie gewähren. Er wusste, dass es in jeder Stimmlage einige geübte, sichere Stimmen gab, an denen andere, die

weniger sicher die Töne trafen, sich orientieren konnten. Aber manchmal musste er sie doch ermahnen. Heute wollte er für das Dankamt eine lateinische Messe wiederholen, die dem Chor schon bekannt war. Das Einüben war allerdings schon eine Weile her, so dass es ein wenig an Sicherheit mangelte. Die Lieder waren schwungvoll und schnell zu singen. Mit Geduld und Sorgfalt ging er für Sopran, Alt, Tenor und Bass die Melodien durch, sie sangen nacheinander und gemeinsam, es klappte soweit. Früher als sonst beendete er die Probe, weil er noch mit einer jungen Verwandten der Jubilare ein Solo üben wollte. „Bis morgen um viertel vor zehn!"

Alle waren pünktlich auf der Empore und saßen auf ihren Plätzen, die Notenmappen in den Händen. Der Chorleiter kam, sie sangen sich etwas ein, auch das Solo wurde nochmals geübt, er begleitete die junge Sängerin an der Orgel. Das Goldhochzeitspaar und die Gäste kamen in die Kirche. Um halb elf begann die Messe. Die eingeübten Lieder klangen gut, auch das „Ave Maria" der Solistin rührte die Anwesenden. Der Pfarrer fand in seiner Ansprache persönliche Worte für das Jubelpaar.

Nach der Messe stellte sich der Chor draußen vor dem Eingang der kleinen Kirche auf und schmetterte den „Frühlingsgruß" von Schumann, während das Goldhochzeits-paar, Verwandte und Freunde zuhörten. Es war ein sonniger, richtig frühlingshafter Maientag, das Wetter wunderbar passend für ein solches Fest. Lauter strahlende Gesichter, sowohl bei den Sängerinnen und Sängern als auch bei den Zuhörenden! Fröhlich applaudierte die festlich gekleidete Gästeschar. Die Braut bedankte sich herzlich für die schöne Gestaltung der Messe. Jetzt würden sie ja mit ihren Gästen feiern, sie wolle aber heute schon ankündigen, dass ihr Mann und sie bei der nächsten Probe auch mit dem Chor feiern wollten. Es würde zu essen und zu trinken geben.

Der Bräutigam stand still daneben, nickte zustimmend und lächelte in sich hinein. Er freute sich schon auf die nächste Probe. Seine Frau würde dabei sein, wie früher - und niemand würde ihn fragen: Hermann-Josef, was willst du denn hier?!

Ein Schulranzen für Antonia

Neulich hatte die Oma ihrer Enkelin vorgeschlagen, gemeinsam einen Einkaufsbummel zu machen. Da hatte die Fünfjährige erstaunt gefragt, was das denn sei. Mit dem Wort hatte sie gar nichts anfangen können. Als ihre Mama dann erklärt hatte, Oma wolle mit ihr shoppen gehen, hatte die Kleine gelacht: „Ach so!" Heute hatte dieses Shoppen ein besonderes Ziel: Ein Schulranzen sollte gekauft werden. Im Sommer käme sie endlich in die Schule, ab August wäre sie ein Schulkind und würde wie die große Schwester, die dann schon die Grundschulzeit beendete und in die fünfte Klasse käme, lesen und schreiben lernen und manches andere mehr. Sie freute sich auch auf das Rechnen, das Malen und Singen.

Auf das Lesenlernen war sie besonders gespannt. Wenn ihre Schwester mit einem Buch irgendwo saß, war sie oft gar nicht mehr ansprechbar, so versunken war sie in das, was sie da las. Oma nannte sie einen Bücherwurm. Das musste doch wunderbar sein, sich so hineinbegeben zu können in spannende Geschichten! Wie das Tauchen im Schwimmbad stellte sie es sich vor, das konnte sie seit ihrem Schwimmkurs im Frühjahr nämlich ein bisschen. Ganz eintauchen in eine andere Welt, nichts anderes mehr hören und sehen... Natürlich fand sie es auch toll, wenn Mama, Papa oder Oma ihr zwischendurch oder abends etwas vorlasen, aber wenn sie erst selbst lesen könnte, das würde ja noch toller sein! Also, im Sommer würde die Schule losgehen, und heute wollten sie dafür einen Ranzen kaufen.

Zielstrebig steuerte Oma, die Enkelin an der Hand, die entsprechende Abteilung des Kaufhauses an. Beide staunten: dicht gefüllte Regale, von unten bis oben bunte Ranzen, wie sollten sie da zurechtkommen? Auf der einen Seite waren die Modelle für Jungen, zu erkennen an den Motiven Weltraum, Dinosaurier, Drachen und Fußball. Auf der anderen waren die Modelle für Mädchen zu finden, hier gab es Elfen, Einhörner, Schmetterlinge und Herzen. Auch die Farben verrieten die Zielgruppe: Bei den Jungen gab es grün und blau und sogar schwarz, bei den Mädchen rot und rosa, violett und verschiedene Blautöne. Eine freundliche Verkäuferin war zur Stelle, fragte nach Lieblingsfarbe und anderen Vorlieben, beriet und zeigte, was passen könnte. Antonia ging langsam an den Ranzen entlang, entdeckte schließlich einen in Violett und Pink mit Schmetterling. Die Verkäuferin sprach über die gute Verarbeitung des Modells, über die gepolsterten, leicht verstellbaren Trageriemen und über die für die Sicherheit auf dem Schulweg wichtigen reflektierenden Streifen. Natürlich musste so ein Ranzen auch anprobiert werden. Dieser Ranzen passte gut, die Verkäuferin hatte mit routiniertem Blick ein Modell in sinnvoller Größe hervorgeholt. Aber sollte es wirklich der mit dem Schmetterling werden? Das Mädchen zögerte, ging nochmals am Regal mit der großen Auswahl entlang und entdeckte ein ebenfalls in Violett und Pink gehaltenes Modell mit Herzen. Am Deckel war sogar ein kleiner Schlüssel befestigt, der schön glitzerte!

Der Schmetterling-Ranzen wurde abgesetzt, der mit Herzen probiert - und dann war die Entscheidung gefallen: Ja, der sollte es sein! Die Verkäuferin riet noch zum passenden Mäppchen, außerdem gab es auch einen Sportbeutel mit dem selben Motiv. Der Oma schien beides sinnvoll, und so war der Einkauf komplett. Das angehende Schulkind strahlte froh und zufrieden.

In Verbindung bleiben

Persönliche Briefe zu schreiben oder zu bekommen, empfinde ich immer wieder als Glück. Ich bin sozusagen ein bekennender Fan dieser eher altmodischen Form der Kommunikation, obwohl ich auch die Möglichkeiten des Computers nutze, also E-Mails schreibe, oder per Smartphone „whatsappe". Als ich jung war, hatten Briefe einen höheren Stellenwert – einfach weil es den heute selbstverständlichen schnellen Austausch so noch nicht gab! Das Telefon für die ganze Familie stand in der Diele, jeder konnte mithören, und man musste auf díe Uhr gucken, damit es nicht zu teuer wurde. Aber Briefe schreiben war immer möglich. Schulfreundinnen und Schulfreunde gingen zum Studium in entferntere Städte – durch Briefe oder Postkarten blieben die Kontakte jahrelang bestehen. Noch heute bedeuten mir handschriftliche Mitteilungen viel, sie heben meine Laune schon beim Schreiben, weil ich weiß, dass die Adressaten sich freuen werden. In der Zeitung las ich jedoch, die Anzahl der Briefe sei um Millionen zurückgegangen, die Post solle darum nicht mehr täglich zugestellt werden – es lohne sich einfach nicht mehr.

Vor ein paar Tagen traf ich eine Studienfreundin. Über Jahrzehnte hatten wir einen lockeren Briefkontakt gepflegt, der eigentlich nur aus Karten zum Geburtstag und zu Weihnachten bestand. Als wir neulich einmal miteinander telefonierten, stellte sich heraus, dass sie mit einer Bekannten ein paar Tage Wellnessurlaub in der Nähe meines jetzigen Wohnorts verbringen würde, und so verabedeten wir uns zum Abschluss ihres Urlaubs in einem Café. Obwohl wir uns Jahre nicht gesehen hatten, erkannten wir uns gleich und konnten wunderbar miteinander reden. Nach einer Stunde mit gutem Kaffee und leckerem Kuchen verabschiedeten wir uns: "Wir bleiben in Verbindung!" Die Studienfreundin und ihre Bekannte machten sich auf die Heimreise.

In zwei Tagen würde die Freundin Geburtstag haben. Wir hatten Witze darüber gemacht, dass ich die Glückwunschkarte schon hätte schreiben können, um sie persönlich zu übergeben. Zuhause suchte ich eine passende Karte heraus und schrieb meine Glückwünsche. Dann spazierte ich zum Briefkasten, der werktags am späten Nachmittag geleert wurde, außerdem samstags und sonntags am Morgen. Schon von weitem fiel mir auf, dass der rote Punkt, der die tägliche Leerung signalisierte, verschwunden war. Jetzt stand

am Kasten: Leerung montags bis samstags um 8 Uhr. Also würde der Brief heute Nachmittag nicht mehr weggehen, sondern erst morgen früh, am Freitag. Nun: vielleicht würde der Geburtstagsgruß rechtzeitig am Samstag ankommen; falls nicht, würde die Freundin sich eben später über meine Grüße freuen, da war ich mir sicher. Trotzdem fühlte ich mich seltsam melancholisch... nur weil sich etwas verändert hatte? Die Leerung am Sonntag war mir nicht wichtig gewesen, der Rest – Leerung am Morgen statt am Nachmittag – war einfach nur Gewohnheit. Da konnte ich mich auch umgewöhnen. Hauptsache, der Kasten blieb noch stehen! Aber wie lange wird er noch stehen, wenn immer weniger Briefe geschrieben werden?
Übrigens: dass die Geburtstagspost pünktlich ankam, erfuhr ich noch am Samstag. Das Geburtstagskind bedankte sich nämlich postwendend, und zwar per E-Mail!

Patronatsfest

Im Jahr 2020, während der Corona-Pandemie, verlief wie so vieles auch das Patronatsfest anders als üblich. So gab es in diesem Jahr in der dem heiligen Petrus geweihten Kirche keine Messe mit Kirchenchor, kein Mittagessen im Gemeindehaus, keine Wein- oder Bierstände, keinen lebhaften Trubel, kein geselliges Beisammensein. Alles sonst Gewohnte war zur Zeit nicht oder nur unter strengen Auflagen erlaubt.

Aber es gab am 29.Juni, dem Hochfest des heiligen Petrus und des heiligen Paulus, eine Abendmesse am Außenaltar im Pfarrhof. Bei der Ankündigung im Pfarrbrief stand ausdrücklich der Hinweis „nur bei gutem Wetter" - und das Wetter war gut! Zur Einhaltung aller angeordneten Regeln waren im Pfarrhof auf der Wiese mit dem richtigen Abstand Stühle aufgestellt. Außerdem war ein Empfangsdienst eingeteilt, der zum einen die Hände der Teilnehmenden desinfizierte, zum anderen jeweils Name und Anschrift notierte. Kopierte Liedblätter lagen für alle bereit.

Der alte Steinaltar neben der Kirche war mit einem farbenfrohen Tuch geschmückt, ein schöner Blumenstrauß stand in einer Bodenvase davor. Nach und nach nahmen auf den Stühlen alle Teilnehmenden Platz, so dass die Messe gefeiert werden konnte. In der Abendsonne, in die der Pfarrer wohl blinzeln musste, saßen alle bei angenehmen Temperaturen in wunderbarer Luft, die mit der ein oder anderen Böe an das Wehen des Heiligen Geistes denken ließ. Die Anwesenden durften ohne Mund-Nasen-Schutz beten und singen. Mehr als dreißig Frauen waren da und ein junger Mann, der Fotos machte. Der Pfarrer bemerkte humorvoll: „Die Kirche ist weiblich!"

Am Ende der Messe sprach er ein besorgniserregendes Thema an: die in der Tageszeitung veröffentlichten Zahlen der Kirchenaustritte in 2019. Ähnlich wie eine zweite Welle der Corona-Infektionen sei hier vermutlich auch eine zweite Welle der Austritte in 2020 zu erwarten.

Einige Frauen standen nachher mit Abstand und mit Masken noch schweigsam beieinander. Warum waren die Ehemänner, die Söhne, die Schwiegersöhne nicht dabei? „Wenn der Musikverein nicht spielt... wenn die Männer keine Aufgabe haben, dann kommen sie nicht!" meinte eine. Eine andere ergänzte: „Und ohne die Stände, also wenn nicht für Essen und Trinken gesorgt ist, kommen sie auch nicht!" „Ja, wenn ein Bierstand geöffnet hat, ist alles anders!" meinte eine weitere. Das waren keine Vorwürfe, nur Erklärungsversuche!

Schließlich hatten zumindest die Männer der jüngeren Generation lange Arbeitstage zu bestehen, da konnte man nicht von allen erwarten, dass sie nach Feierabend noch zur Kirche kämen. Andererseits: die Frauen schafften das auch! Nun erinnerten sie sich an frühere Feste und kamen ein wenig ins Plaudern. Wie schön es immer gewesen war, die Gespräche, das Miteinander! Sie wollten sich auf keinen Fall entmutigen lassen. Sie wussten und spürten doch, dass der christliche Glaube viel zu bieten hat! Einige bedauerten, dass in diesem Jahr bisher auch keine Erstkommunion gefeiert werden konnte. Als die Frauen wenig später nach Hause gingen, dachte die eine oder andere: Zu einer Messe oder zu einem Fest kann nur immer wieder eingeladen werden! Und jede hoffte, dass die Maßnahmen gegen die Corona-Pandemie bald Wirkung zeigten, damit die Erstkommunionfeier nachgeholt und doch noch manches Fest miteinander gefeiert werden könnte, auch und gerade hier in der Kirche.

Klavierspiel

Verstaubt und kaum genutzt stand das schwarze Klavier in der Ecke im Wohnzimmer. Als sie es vor bald zwanzig Jahren gekauft hatte, wollte sie ihre als Kind und Jugendliche in wöchentlichen Klavierstunden und täglichem Üben erlernten Fähigkeiten etwas auffrischen. Außerdem hoffte sie, die Kinder würden vielleicht Freude am Klavierspielen bekommen! Das eigene Üben scheiterte allerdings meist daran, dass es doch immer etwas anderes zu tun gab im Haushalt oder am Schreibtisch, und die Kinder waren zwar recht musikalisch, entdeckten für sich aber die Streichinstrumente und nahmen Geigenunterricht. Schade um das schöne Klavier!

Um einen neuen Anfang zu wagen und um sich selbst ein wenig zu motivieren, wollte sie das Instrument einmal stimmen lassen. Im Internet hatte sie eine Klavierstimmerin, die wohl Pianistin und Klavierlehrerin war, gefunden und einen Termin vereinbart. Heute war es nun soweit. Sie räumte die alten Notenhefte zur Seite, wischte den Staub weg, klimperte kurz etwas herum, dann klingelte es schon. Eine junge Frau kam herein und setzte sich ans Klavier. Sie bemerkte gleich, dass die Töne insgesamt sehr abgesunken waren und manche einfach nicht mehr harmonisch klangen. Die Klavierstimmerin machte sich an die Arbeit, baute den Deckel sowie Teile des Gehäuses ab und packte ihr Werkzeug aus. Nach dem Festlegen eines Referenztones arbeitete sie sorgfältig am Klavier auf und ab, immer wieder wurden die Tasten angeschlagen, mit dem Stimmhammer wurden die Wirbel behutsam und mit Kraft bearbeitet und die Töne so lange verglichen, bis sie stimmten. Über zwei Stunden dauerte das! Für die Zuhörende war es eine bestaunenswerte Leistung, zugleich aber auch eine anstrengende Geduldsprobe. So spürte sie eine gewisse Erleichterung, als die junge Frau irgendwann mit dem Ergebnis ihrer Arbeit zufrieden schien und sagte: „Jetzt spiele ich noch etwas." Sie spielte etwas von Schumann, das klang wunderbar – und vor allem klang das gestimmte Klavier gut! „Dass mein Klavier so schön klingen kann, das habe ich gar nicht gewusst", staunte sie. Die Künstlerin war mit einem Ton noch nicht zufrieden, besserte hier nochmals nach und erklärte dann die Arbeit für beendet. Die abgebauten Gehäuseteile wurden wieder montiert, und nun stand das Klavier fertig da – in Erwartung der Übungsstunden der Eigentümerin. Diese bezahlte, verabschiedete die Klavierstimmerin und nahm eines der

Notenhefte; „Sonatenalbum" hieß es und enthielt Sonaten von Haydn, Mozart und Beethoven. Sie blätterte ein wenig darin, erkannte sogar die ein oder andere Passage aus den Zeiten ihres Klavierunterrichts wieder. An eine Sonate erinnerte sie sich besonders: Teile daraus hatte sie bei einem Klaviernachmittag, der von allen Schülerinnen und Schülern ihres Klavierlehrers für die Eltern gegeben wurde, vorgespielt. Vor Jahrzehnten! Wo war die Zeit nur geblieben? Schließlich begann sie leise und beinah vorsichtig zu üben. Zwar hörte niemand zu, aber sie wagte es eben nicht anders. Natürlich klang es noch holprig und mühsam, sie hatte ja ewig nicht gespielt!

Die junge Frau, die das Klavier gestimmt hatte, gab nicht nur Unterricht, sondern auch Konzerte – im Herbst würde eines im Städtchen in der Nähe stattfinden. Den Termin hatte sie gleich in ihrem Kalender notiert, sie sah es als eine Art Belohnung für ihr eigenes bescheidenes Üben an: miterleben dürfen, wie schön Klavierspielen klingen kann!

Papierflieger

Also, jetzt reicht es aber, dachte der Hausmeister. Auf der Wiese hinter der Schule lag eine ganze Reihe von Papierflugzeugen, bestimmt ein Dutzend leuchtete weiß im grünen Gras. Zwei weitere Exemplare segelten gerade, als er bei der Wiese ankam, noch dazu. Er schaute nach oben und sah im zweiten Stock bei einer der fünften Klassen jetzt in der kleinen Pause die Fenster weit offen stehen. Helle Kinderstimmen waren zu hören, fröhliche Gesichter konnte er sehen, die Jungen und Mädchen schauten ihren selbstgefalteten Werken hinterher. Der Hausmeister war ein wirklich freundlicher und geduldiger Mensch. Er mochte seine Arbeit. Als Vater von drei Kindern hatte er für vieles Verständnis, aber an ein paar Regeln sollten sich doch bitte alle halten. Schon öfter hatte er sich gewundert, wenn er vor dem Rasenmähen über die Wiese ging und aufsammelte, was da herumlag: nicht nur Müll, sondern auch zum Beispiel Geodreiecke, Bleistifte, Tintenpatronen – also Schulmaterial, das ja Geld kostete. Material, das die Eltern dann wieder kaufen mussten, nur weil die Kinder im Übermut Dinge aus den Fenstern warfen. Das fand er nicht nur ärgerlich, sondern unverständlich. Da würde er seinen eigenen Kindern aber etwas erzählen, wenn sie verdächtig oft neue Lineale oder Bleistifte bräuchten! Nun allerdings ging es um diese Papierflieger. Er atmete tief durch, machte sich auf den Weg in den zweiten Stock und betrat den Klassenraum. „Kinder, so geht das nicht weiter! Ihr dürft nichts aus den Fenstern werfen, auch keine Papierflugzeuge!" - „Das waren wir nicht", wehrten sich einige. „Die sind bestimmt von der neunten Klasse, genau im Raum unter uns! Die Neuner werfen sonst auch Sachen raus!" - „Streitet es nicht ab, ich habe euch gesehen! Macht die Fenster jetzt mal zu, gelüftet habt ihr genug. Und ich möchte, dass ihr eure Flieger aufsammelt. Am Nachmittag will ich den Rasen mähen, da möchte ich nichts mehr davon sehen. Wenn ihr euch beeilt, schafft ihr das noch, bevor es zum Stundenbeginn klingelt.   Wer macht´s?" Er bestimmte drei Freiwillige, die schnell hinuntersausten.

Die drei beeilten sich wirklich. Kurz nach dem Gong - der Lehrer stand noch vor der Tür, der Hausmeister erklärte ihm kurz die Lage - waren sie wieder zurück, ganz außer Atem, in den Händen die aufgesammelten Flieger. Im Klassenraum fragten sie: „Und wohin jetzt damit?" - „Ab in den Müll! Ins Altpapier!" -   „Genau, hundert Prozent

Altpapier!" Mit Gejohle warfen sie die Flieger in den für Altpapier vorgesehenen Mülleimer. „Stop! Meinen will ich noch behalten!" rief Ben und wurde rot. Er flitzte nach vorn, kramte raschelnd im Eimer herum und fischte endlich sein Flugzeug heraus. Die anderen lachten. Es war wirklich ziemlich zerknittert. Traurig betrachtete Ben seinen Flieger von allen Seiten, dachte sich aber, der ist doch noch zu retten! Sorgfältig strich er Rumpf und Flügel glatt und packte ihn behutsam in seinen Schulranzen. Zuhause, am besten vielleicht im Garten, würde er noch schön mit ihm spielen können.

„Find´ ich gut, dass du deinen Flieger noch behältst", meinte Pauline anerkennend und fügte hinzu: „ Wir produzieren sowieso schon zu viel Müll." Ben merkte, dass er wieder rot wurde. Das passierte ihm ziemlich oft, aber diesmal fand er es gar nicht schlimm.

Lieblingsfarbe Gelb

Wahrscheinlich entwickelt jeder Mensch irgendwann eine Vorliebe für bestimmte Farben. Warum das so ist, weiß ich nicht. Gelb wurde für meinen Sohn in der Kindergartenzeit zur Lieblingsfarbe. Wenn wir manchmal die bunten Kunststoffbecher verwendeten, nahm er sich immer den gelben. Wenn eine neue Zahnbürste gekauft wurde, sollte sie gelb sein. Als Geschenk vom Patenonkel vielleicht eine kuschelige Fleecedecke? Ja, bitte eine gelbe. Das ist mittlerweile Jahre her. Der kleine Junge wurde ein großer junger Mann, bei dem immer stärkere Rückenschmerzen auftraten. Nach unterschiedlichen Untersuchungen wurde als Ursache schließlich festgestellt, dass ein Bein deutlich kürzer als das andere war. Mehrere Zentimeter Unterschied im Unterschenkel, die konnten nicht durch Einlagen ausgeglichen werden! Am Universitätsklinikum in Münster riet man uns zu einer Operation, durch die ein Bein verlängert würde. In den Schienbeinknochen würde ein Verlängerungsnagel eingesetzt werden, der mit einer von außen angesetzten Magnetmaschine gestreckt würde. Dadurch werde der Knochen zum Wachsen gebracht.

Nach genauen Erklärungen über das Prozedere entschied Jakob sich dafür, und es wurde ein OP-Termin gesucht. Für uns Eltern bestand die Möglichkeit, in der Nähe der Klinik ein Zimmer zu mieten, was wir auch taten. Nach fünf bis acht Tagen stationärem Aufenthalt könnte die weitere Behandlung mit Hilfe eines Magneten dann zuhause durchgeführt werden. Am Tag der Aufnahme verabschiedeten wir uns in der Klinik von unserem Sohn und bezogen unser Quartier. Mehrere Doppelzimmer standen für Angehörige zur Verfügung. Man konnte eine Küche nutzen und sich so ganz gut selbst versorgen. Zunächst war aber nur wichtig, dass die OP gut verlaufen würde und dass wir nach wenigen Minuten Fußweg unseren Sohn täglich besuchen konnten. Wegen der Corona-Pandemie waren die Besuchsmöglichkeiten streng geregelt: nur ein Besucher pro Tag, nur für kurze Zeit, nur mit Zugangsberechtigung und Ausweis. Nachdem Jakob operiert worden und wieder aufgewacht war, durften wir Eltern ihn dann aber doch kurz zuammen besuchen. Es war alles gut gegangen. Er hatte starke Schmerzen, doch er war sehr tapfer. Schon am nächsten Tag kam ein Physiotherapeut für erste Übungen, und am übernächsten Tag war bereits von der Möglichkeit der baldigen Entlassung die Rede. Vorher würde ihm noch von einem Arzt der Umgang mit dem Magnetgerät erklärt werden.

In der Küche unserer Unterkunft traf ich manchmal auf eine Frau, die wegen einer ambulanten Therapie an der Klinik ein Zimmer gemietet hatte. Sie war sehr freundlich zugewandt, hörte mir zu und erzählte auch ein wenig von sich. Mir tat es gut, über manches nicht nur mit meinem Mann, sondern mit einer anderen Mutter zu sprechen. Erst am Mittwoch war Jakob operiert worden, und bereits am Sonntag sollte er entlassen werden? So schnell sollte er nach Hause dürfen! Mir erschien das zu früh, ich war besorgt, doch die Frau ermutigte mich – und brachte mir eine kleine Papierschachtel für Jakob. Nicht ich, sondern er solle sie öffnen, es sei ein gefalteter Kranich darin, der ihm Glück bringen solle.

Zuhause angekommen gab ich ihm irgendwann das Schächtelchen und erzählte kurz von der netten Begegnung. Verwundert und mit der für einen Achtzehnjährigen sicher typischen Coolness hörte er zu, nahm die Schachtel, öffnete sie – sah mich an und sagte berührt: „Die Farbe!" - Der Kranich war gelb.

Früh am Morgen

Es war noch sehr früh am Morgen, als das Schnarchen ihres Mannes sie weckte. Ein wenig wartete sie, dann knuffte sie ihn sanft in die Seite: „Nicht schnarchen, bitte!" Er räkelte sich, murmelte: „Ich schnarch' doch gar nicht!", drehte sich auf die andere Seite und schlief schon im nächsten Moment weiter, nun nicht mehr schnarchend. Das ist doch wirklich eine Gabe, so schlafen zu können, so schnell wieder einzuschlafen, das ist wie ein Geschenk, dachte sie, sie konnte das nicht. Früher hatte sie sich oft über diese Störung geärgert, hatte jedes Mal versucht, das Schnarchen zu überhören oder das störende Geräusch mit Ohropax auszublenden. Geholfen hatte das alles nicht. Irgendwann hatte sie einfach akzeptiert, dann eben wach zu sein.

Nun fiel erstes Tageslicht ins Schlafzimmer. Durch das geöffnete Fenster nahm sie die erfrischende, frische Luft wahr und fing unwillkürlich an zu lauschen: ein Konzert der Vogelstimmen war da zu hören! Welche Vögel mochten es sein?

Kürzlich hatte sie sich bei ihrer tierbegeisterten Tochter eine CD ausgeliehen und aufmerksam angehört: „Unsere Gartenvögel und ihre Gesänge." 50 Beispiele gab es zu bestaunen von Amsel und Bachstelze bis Zaunkönig und Zilpzalp, vielfältig und unterschiedlich, doch kaum zu behalten. Ein Sprecher nannte jeweils den Namen des Vogels, dann folgte das Zwitschern. Manche Gesänge waren eher monoton, manche abwechslungsreich. Es gab lange, hohe Töne neben Tonreihen und Trillern, sowohl leise und verhaltene als auch schmetternde Gesänge, krächzende Töne ebenso wie klare Flötentöne, unauffällige Laute neben aufgeregtem Zwitschern. Vieles hatte sie noch nie gehört, auch einen Teil der Vögel, die alle in einem Begleitheft abgebildet waren, noch nie gesehen, obwohl keine exotischen darunter waren. Allein ein halbes Dutzend Meisenarten waren hier aufgeführt! Was sie jetzt in dieser morgendlichen Frühe hören konnte, vermochte sie nicht zu sagen. Meisen waren doch sicherlich dabei und Amseln wahrscheinlich... Manches klang sehr melodisch und flötend. Vielleicht würde sie sich doch die CD nochmals anhören in der Hoffnung, etwas wiederzuerkennen. Wie schön, jetzt bei geöffnetem Fenster noch ruhen und einfach zuhören zu können! Irgendwann mischten sich andere Geräusche dazwischen. Verkehrslärm von der Landstraße – wobei das Wort Lärm eigentlich übertrieben war: man hörte einfach Autos, die auf der Landstraße am

Ort vorbei fuhren. Irgendwann fuhr ein Auto durch ihre Straße, hielt vor ihrem Haus, eine Wagentür wurde geöffnet, ein paar Schritte waren zu hören und das Klappern des Briefkastens, Schritte zurück, die Wagentür wurde wieder geschlossen, das Auto fuhr weiter: die Tageszeitung war gebracht worden. Sie lauschte weiter: ein Hund bellte, die Kirchturmuhr schlug – und die Vögel sangen noch immer munter und vielfältig.

Sie wusste, wenn sie gleich aufstehen und in Bewegung kommen würde, könnten die Rückenschmerzen, die sie nachts geplagt hatten, nachlassen. Sie freute sich auf das wohltuende, warme Wasser der Dusche. Sie dachte an das Frühstück, für sie die schönste Mahlzeit des Tages, mit leckerem, frischen Brot, das sie gestern beim Bäcker gekauft hatte, und mit einem guten Kaffee dazu. Wie ein Morgengebet formte sich der Gedanke: Danke für die Nacht und den Tag, danke für diesen Morgen.

Etwas Bargeld

„Oh, verflucht! Verdammt nochmal!" - Laut hörte der ältere Herr jemanden schimpfen, als er den Vorraum zur Bank betrat. Am Geldautomat stand ein junger Mann. Beide Hände auf das Gerät gestützt, fluchte er vor sich hin, schaute kurz auf, als der Alte grüßte, grüßte auch knapp zurück – und ließ auf dessen Frage, was denn los sei, seinem Ärger freien Lauf: „ Ich hab´s geschafft, meine EC-Karte zu versenken!! Die Bank hat ja schon zu, erst morgen früh ist wieder jemand hier!" Obwohl der Alte für diesen Ärger Verständnis hatte, wunderte er sich. Er kannte den jungen Mann vom Sehen, weil er an den Wochenenden bei der Tankstelle im Nachbardorf arbeitete. Dort wirkte er immer ruhig und besonnen – und jetzt so außer sich?! Vorsichtig fragte er nach. Der junge Mann erklärte, sein Vater habe ihn vorhin angerufen, weil die Oma ins Krankenhaus gebracht worden sei, und er wolle schnell hinfahren, aber doch nicht mit leeren Händen, wenigstens ein paar Blumen wolle er noch kaufen, habe jedoch kein Geld mehr im Portemonnaie.

Der Alte nickte verständnisvoll, obwohl er dachte, die Blumen seien nun wirklich Nebensache; Hauptsache, der Enkel fährt hin und nimmt sich Zeit für seine Oma!

Aber er sagte nichts dazu, sondern meinte: „Dann wollen wir mal sehen, ob der Automat für mich arbeitet." Er schob die Karte in das Gerät, gab die Geheimnummer ein, tippte auf Abheben und auf Einhundert – das war so sein üblicher Betrag. Das leise Rattern des Automaten zeigte, dass alles funktionierte, er konnte Karte und Geld entnehmen. „So, nun kann ich Ihnen etwas leihen! Wieviel brauchen Sie?" - „Oh, wirklich? Mit zwanzig Euro wäre mir schon sehr geholfen!" -
„Ich gebe Ihnen vierzig, vorsichtshalber, und Sie geben mir das Geld zurück, wenn ich übermorgen zum Tanken komme. Haben Sie am Samstag Dienst?" - „Ja, habe ich - und vielen Dank!"
Als der Alte am Samstag zur Tankstelle fuhr, war viel Betrieb. Alle Zapfsäulen waren besetzt. Er musste sich erst in die Schlange der Autos einreihen, wartete eine Weile, konnte dann endlich tanken.
Der junge Mann war nirgendwo zu sehen. Beim Bezahlen, praktischerweise bargeldlos per Karte, fragte er nach ihm. Die Dame an der Kasse erklärte, er mache wohl gerade Pause. Wenig später kam der junge Mann herein, grüßte kurz, zückte sein Portemonnaie, nahm zwei 20-Euro-Scheine heraus und gab sie dem Alten, der gleich fragte: „Wie geht es Ihrer Oma?"
„Noch ist es kritisch – ich fahre heute

wieder hin. Aber ohne Blumen, denn die kann man auf der Intensivstation sowieso nicht brauchen." - „Dann alles Gute! Auf Wiedersehen!"

Ein netter junger Mann, dachte der Alte, während er zu seinem Auto ging. Nicht so stur und oberflächlich wie manche anderen in seinem Alter. Und er nimmt sich Zeit für seine Oma – sehr sympathisch! Ein netter alter Herr, dachte der junge Mann, nicht so herrisch und ungeduldig wie manche anderen in seinem Alter. Und mir mit Bargeld auszuhelfen, war wirklich cool – bei Gelegenheit werde ich ihm das mal sagen.

Ohne Schuhe

Nach der Begrüßung sagte der Lehrer zu seinem Oberstufenkurs: „Leute, Leute, da hätte ich mich eben aber beinah ganz schön blamiert!" Die „Leute" schauten verwundert und warteten ab, was der Lehrer ihnen erzählen wollte. Mit wenigen Sätzen berichtete er, da sei doch eben auf dem Gang jemand vor ihm hergelaufen ohne Schuhe – er habe zweimal hingeschaut, der sei tatsächlich barfuß gegangen! Er habe sich schon einen lockeren Spruch zurechtgelegt, aber bevor er etwas gesagt hätte, habe er gerade noch bemerkt, dass es kein Schüler war. „Das war ja gar keiner von uns!" formulierte der Lehrer, und das klang so witzig, dass der ganze Kurs lachte. Wahrscheinlich sei es einer von den Studenten gewesen, die neuerdings zwei Räume des Gymnasiums mitnutzten. „Den haben wir auch schon gesehen", meinten die Schülerinnen und Schüler unbeeindruckt. „Sollen wir auch...?" witzelte einer und tat so, als wolle er seine Schuhriemen lösen. „Nein, lass mal", antwortete der Lehrer schmunzelnd. „Lasst uns lieber etwas schaffen!" Sie nahmen die Bücher und machten sich an die Arbeit.
Nach der Stunde hing der Lehrer noch seinen Gedanken nach. Ohne Schuhe

gehen: warum? Die Erde besser spüren, Unempfindlichkeit beweisen oder sich nicht anpassen wollen... Er hatte wirklich nichts dagegen, wenn sich jemand ein paar Verrücktheiten erlaubte. Aber barfuß gehen? Auf einer Wiese oder am Strand, gern, aber auf dem Schulhof, im Schulgebäude?

Es war nichts Neues, mit Kleidung ein Statement abzugeben. In den letzten Jahren fiel auf, dass viele Jungen bei recht kühlen Temperaturen zwar nicht barfuß, aber in kurzen Hosen zur Schule kamen. Eine Kollegin, deren Sohn diesen Trend mitmachte, erzählte ihm, sie sei allen Ernstes gefragt worden, ob ihr Sohn denn keine lange Hose besitze! Und eine Mutter hatte ihm am Elternsprechtag von einer Abmachung mit ihrem Sohn berichtet: kurze Hose nur, wenn draußen keine Kühlschranktemperatur herrsche, also ab acht Grad. Eine Zeit lang sei das gut gegangen, dann habe der Sohn beschlossen, sechs Grad reichten auch... Worum ging es da eigentlich? Nur um ein unterschiedliches Temperaturempfinden – oder um Selbstbehauptung und eigenen Willen?

Der Lehrer dachte Jahrzehnte zurück. Früher waren kurze Hosen etwas für kleine Jungs gewesen, die auf Bäume und über Zäune kletterten und beizeiten mit zerkratzten Beinen oder aufgeschlagenen Knieen heimkamen. Eine lange Hose hätte einfach zu häufig geflickt werden müssen! Lange Hosen tragen zu dürfen, das war eine Art Anerkennung, wenn man aus dem Alter des Herumtobens heraus war. Und heute? Kurze Hosen als Signal, selbst zu bestimmen und sich gegen die mütterliche Sorge, man könne sich verkühlen, durchsetzen zu können!

Und Schuhe? Nicht barfuß gehen müssen, sondern Schuhe besitzen - Zeichen für Wohlstand. Barfuß gehen wollen – nach Meinung des Studenten vielleicht Zeichen für Freiheit? Außerdem ein Grund, genauer darauf zu achten, wohin die Schritte führen. Nicht in Scherben zu treten, nicht in Hundekot...

Vielleicht wären die Gehwege irgendwann sogar sauberer, wenn mehr Menschen barfuß laufen wollten? Vielleicht! „Also, ich bin froh, dass ich nicht ohne Schuhe unterwegs bin", dachte der Lehrer und lächelte, während er über den Schulhof ging.

Lebensenergie

Es war eine besondere Kerze, die ihre Schwester ihr zum Geburtstag geschenkt hatte. „Lebensenergie" stand auf der Banderole, und dass es sich um eine Heilkräuter-Kerze handele. Sie betrachtete das Geschenk genau. Die Kerze aus feinem Stearin hatte einen schönen roten Farbton. Kräuterauszüge und ätherische Öle seien die Zutaten, und die besondere Wirkung dieser Kerze liege darin, dass durch Feuer bzw. Wärme die Informationen der enthaltenen Kräuter freigesetzt würden, las sie. Obwohl ihr das nun alles etwas abgehoben vorkam, war ihr Interesse geweckt: Welche Kräuter, welche Pflanzen könnten Lebensenergie vermitteln? Genannt wurden Löwenzahn und Brennessel, Birke und Kiefer.

Bei Löwenzahn musste sie schon schmunzeln, hatte sie doch erst kürzlich mit einem Nachbarn über dieses Gewächs, das er unermüdlich aus seiner Wiese entfernte, gesprochen. Wenn er an einem Ende der Wiese angekommen sei, sei der Löwenzahn am anderen Ende wieder da, meinte er, trotzdem gebe er nicht auf – wie der Löwenzahn eben auch nicht aufgebe. Sie sah die beiden Kaninchen ihrer Tochter vor sich, die mit Appetit den gepflückten

Löwenzahn wegmümmelten und lebensfroh über die Wiese hoppelten. Sie hatte gesehen, dass Löwenzahn Asphalt durchbrechen kann, eine starke Pflanze. Beim Gedanken an Brennesseln stellten sich, obwohl sie um die guten Wirkungen des Tees aus Brennesselblättern wusste, eher unangenehme Gefühle ein, Kindheitserinnerungen an das Brennen, wenn man mit bloßen Beinen oder Armen an Brennesseln vorbeigestrichen war, die roten Pusteln auf der Haut, die oft noch lange juckten. Angenehmer war dann wiederum die Vorstellung der genannten Bäume: Birken gefielen ihr schon als Kind wegen der weißen Rinde, und weil es im Frühling meist die ersten Bäume waren, die sich mit einem zarten hellgrünen Blätterkleid zeigten. Dass dieser Baum den kältesten Regionen durch seine Stärke trotzt, war ihr weniger bewusst. Dass allerdings die Kiefer dort wächst, wo kein anderer Baum standhalten kann, hatte sie bei einem Urlaub in den Bergen bestaunt.
Diese Kerze sollte den Betrachter nun also mit der eigenen Lebenskraft in Verbindung bringen können? Bei der angegebenen Brenndauer von etwa 40 Stunden würde die Kerze eine ganze Weile halten. Täglich ein wenig zur Ruhe kommen, vielleicht sich die Kraft von Löwenzahn und Kiefer zum Vorbild nehmen, vielleicht am Abend zurück auf

den Tag schauen – und in diesem Zur-Ruhe-Kommen still werden und dankbar: So könnte sich auch Energie einstellen! Beim Nachdenken darüber merkte sie, wie groß das Bedürfnis war, in der Hektik des Alltags Erholungspausen zu finden. Zeit dafür ergab sich allerdings nicht von selbst, man musste sie sich nehmen! Es musste ja nicht lange sein, eine halbe Stunde vielleicht oder wenigstens eine Viertelstunde. Heute noch fange ich damit an, sagte sie sich.

Abends, als die Familie vor dem Fernseher saß und nach den Nachrichten bei einer Vorabendserie entspannen wollte, zog sie sich an den Schreibtisch zurück, stellte die Kerze vor sich hin und zündete sie an. Still betrachtete sie die Flamme, die das rote Wachs langsam flüssig werden und dunkler aussehen ließ, dachte: „Danke, Schwesterherz!" und genoss die Ruhe eine Weile. In den folgenden Tagen fand sich tatsächlich immer ein Viertelstündchen oder mehr mit Kerzenschein. Ein Anfang war gemacht.

Ein Sonntagsausflug

„Wir müssen uns mal treffen! Wir müssen mal zusammen Kaffee trinken! Wie sieht es bei dir am Sonntag aus?" Die Kollegin vermutete, dass ich sonntags nicht abkömmlich sei, aber ich konnte sie beruhigen. Mein Mann hatte nichts dagegen, wenn ich sonntags etwas ohne ihn unternehmen wollte, oft musste er sowieso arbeiten. Wir verabredeten eine Uhrzeit, sie würde mich abholen. Es sollte in die Eifel gehen zum Spazieren und weil sie dort ein Geschenk, eine Laufente, kaufen wollte. „Keine lebendige, sondern eine aus Holz!" Der Laden, in dem man solche Holzfiguren und manches andere kaufen könne, habe nur am Wochenende geöffnet. Meinem Mann erzählte ich davon und meinte: „Vielleicht kaufe ich dir auch eine Laufente?" Dazu sagte er nichts.
Die Kollegin holte mich ab. Ihr Hund Fritzchen, ein Portugiesischer Wasserhund, hatte auf dem Rücksitz Platz. Nach einer knappen Stunde kamen wir an, parkten in der Nähe des Klosters, stiegen aus und spazierten los.
Der Pfad war recht schmal, aber der Wald war in dieser Gegend wirklich wunderbar, und so gingen wir meist hintereinander und machten uns immer wieder gegenseitig auf

die schöne Natur oder auf die gute Luft aufmerksam. Das Gehen war wohltuend, auch der Hund hatte seine Freude. Schließlich kamen wir an einem Hotel mit Café an und nahmen draußen Platz. Da wir keine Hotelgäste waren, brachte ein Ober einen Zettel, auf dem wir Namen und Anschrift eintrugen – eine Regelung wegen der Corona-Pandemie. Wir bestellten Eiskaffee, den eine freundliche Bedienung bald servierte. Es schmeckte köstlich! Wir saßen mit einigen weiteren Gästen auf der Terrasse mit Blick auf einen See, sprachen über dies und das und tranken unseren Kaffee. Irgendwann zahlten wir, gingen noch zur Toilette und machten uns dann auf den Rückweg.

Die Kollegin kannte sich aus. Nach wenigen Minuten waren wir bei dem Laden, in dem sie die Laufente kaufen wollte. Wir schauten uns ein wenig um, und schließlich kaufte nicht nur sie eine, sondern auch ich, denn mir gefielen diese Holzskulpturen ebenfalls sehr. Dennoch befürchtete ich, mein Mann werde mich für verrückt erklären.

Mit den beiden Enten im Gepäck spazierten wir auf einem anderen Weg zurück, der etwas breiter und daher leichter zu gehen war. Obwohl wir die Strecke gut schafften, fühlte ich mich bei der Ankunft am Auto sehr erschöpft und plädierte dafür, nicht noch zum Kloster zu gehen, sondern gleich nach Hause zu fahren. So machten wir es. Beim Aussteigen verabredeten wir noch, uns zu weiteren Spaziergängen zu treffen. Mit der Ente im Arm ging ich ins Haus, müde vom Ausflug und zufrieden. Die frische Luft, das Gehen, das Zuhören, das Reden – alles hatte gutgetan.

Als mein Mann von seinem Sonntagsdienst kam, freute er sich über die hölzerne Ente: „Die ist ja schön!" Er nahm sie gleich in die Hand und lobte das weiche Holz. Es stellte sich heraus, dass er, als ich von „Laufente" gesprochen hatte, an ein Spielzeug gedacht hatte, und zwar an die kleine hölzerne Ente, die unsere Kinder beim Laufenlernen an einem Stab vor sich her geschoben hatten, mit patschenden Watschelfüßen. Nein, eine solche Laufente hatte ich für ihn zum Glück nicht gekauft!

Sommergewitter

„Ist das schwül!" Schon früh am Morgen, als sie die Tageszeitung hereinholte, fiel ihr die stickige Luft auf. Seit Tagen war es hochsommerlich warm, wärmer, als sie es früher erlebt hatte, das Klima schien sich zu ändern. Die Temperaturen kletterten häufig über 30 Grad. Gewitter waren gemeldet – vielleicht würden sie ja der Luft ein wenig die Schwüle nehmen, vielleicht ein wenig Abkühlung bringen. Abwarten. Im Laufe des Vormittags zog der Himmel sich allmählich zu, es wurde richtig dunkel. Mitten am Tag schaltete sie in der Küche das Licht an. In der Ferne hörte sie ein Grummeln, anscheinend ging es nun wirklich los, erste Blitze zuckten. Unwillkürlich begann sie zu zählen, wie viele Sekunden zwischen Blitz und Donner vergingen, rechnete wie als Kind, in welcher Entfernung das Gewitter sein müsste. Sie bemerkte, dass die Abstände kürzer wurden, hörte aber auch an der Lautstärke der Donner, dass das Unwetter heranzog. Irgendwann schien es genau über ihrem Haus zu sein: die polternde Luft ließ das Gebäude erbeben. „Lieber Gott...", sprach sie ein kindliches Stoßgebet. Hoffentlich schlug nirgendwo ein Blitz ein, weder in ein Haus noch im Wald! Die Waldbrandgefahr war hoch!

Früher hatte sie, wie sie es von ihrer eigenen Mutter gelernt hatte, bei Gewitter eine Kerze angezündet: Symbol für Gottes Gegenwart, zugleich Vorsorge für einen möglichen Stromausfall, dann wäre es wenigstens nicht stockfinster. Sie erinnerte sich an die sorgenvollen Blicke, aber zugleich auch an die vertrauensvolle Atmosphäre: Hier im Haus passiert uns nichts! So hatten ihre Eltern mit den Kindern in das Kerzenlicht geschaut, und so hatte sie selbst manchmal mit ihrem Mann und ihren Kindern am Tisch gesessen.

Heute verzichtete sie auf das Entzünden einer Kerze. Es wäre ihr irgendwie leichtsinnig vorgekommen. Als sie hörte, dass der Wind stärker wurde, ging sie einmal durch die Zimmer und schloss alle Fenster. Dabei sah und hörte sie den beginnenden Regen, und wie früher bemerkte sie eine Erleichterung, dass es kein trockenes Gewitter war. Es regnete stärker, die Wolken luden eine Menge Niederschlag ab. Woher kam das laute Geplätscher, das sie auf einmal hörte? Als sie vorsichtig die Haustür öffnete, sah sie das Wasser auf den Stufen. Die Dachrinne lief über! Kamen solche Wassermengen herunter? Oder war das Fallrohr vielleicht mit Laub verstopft? Eine Weile schaute sie sich das Gepladder an, dann schloss sie sorgfältig die Tür.

Allmählich wurden die Blitze seltener, die Donner leiser, der Regen ließ nach. Noch hörte man das Geplätscher auf der Stufe vor der Haustür, bis es in ein leiseres Getröpfel überging. Heller wurde es auch wieder. Sie schaltete das Küchenlicht aus, öffnete die Fenster – ja, die Luft roch nach Regen, war aber auch etwas kühler. Es tat gut, sie durch die Nase ganz tief einzuatmen. „Es ist nichts passiert, Gott sei Dank!", dachte sie, während sie ihre Lunge mit der frischen Luft füllte, und sie spürte, wie ihre Anspannung wich.

Beim Abendbrot zündete sie eine Kerze an und freute sich über das sanfte Licht. Bei Gelegenheit würde sie den Nachbarn bitten, einmal nach der Dachrinne zu gucken. Eine Leiter besaß sie zwar, aber hochklettern wollte sie lieber nicht selbst!

Urlaub im Garten

„Ihr habt euch einen Strandkorb gekauft?" fragte der junge Mann erstaunt, als er die Neuanschaffung im Garten bei Tante und Onkel bemerkte. Schon als Kind hatte er hier Ferientage verbracht, die Verwandten hatten ihn immer gern zu Besuch gehabt. Oft war er als erstes in den Garten gegangen, in dem der Onkel sich um einige Obstbäume und Beerensträucher kümmerte und mancherlei Gemüse anbaute, auch Kartoffeln. Der Junge hatte Möhren aus der Erde ziehen dürfen und sie so ganz frisch geknabbert, er hatte Heidelbeeren oder Himbeeren gepflückt und genossen. Der Onkel hatte oft betont, das Arbeiten im Garten bedeute für ihn Erholung. Deshalb wunderte der Neffe sich nun umso mehr über den Strandkorb.
„Deine Tante ist früher so gern an die See gefahren", erklärte der Onkel. „Später fehlte mal die Zeit, mal das Geld, man kann ja nicht alles! Mittlerweile ist uns die weite Anreise zu beschwerlich. Also haben wir diesen Strandkorb gekauft und hier in unserem Garten eine Urlaubsecke eingerichtet. Setz dich doch mal hinein!"
„Vielleicht später", antwortete der Neffe. Erst einmal wollte er etwas ankommen. Er ging ins Gästezimmer und packte ein paar

Sachen aus. Mittags saßen sie in der Küche und aßen zusammen, dann verabschiedeten sich Tante und Onkel in die Mittagsruhe. „Gern für zwei Stunden – vielleicht magst du in der Zeit im Garten sitzen?" fragte die Tante. „Ja, das mache ich", antwortete der Neffe. Er nahm ein Buch, ging in den Garten und setzte sich tatsächlich in den Strandkorb. Statt zu lesen erinnerte er sich an einige Urlaubstage auf einer ostfriesischen Insel. Er dachte an den Herbst, als er dort nach der Anreise mit Bahn und Fähre angekommen und nach dem Eintreffen im Ferienquartier gleich wieder losgezogen war zum Strand, weil er die Nordsee sozusagen begrüßen wollte - den Blick auf den Horizont gerichtet, die frische Luft in der Nase. An diesen herbstlichen Tagen hatte er beobachtet, wie die Strandkörbe abtransportiert wurden. Der Strand wurde leer geräumt, vorbereitet auf den rauen Winter. Er dachte an das Frühjahr, als er dort am noch leeren Strand entlang gewandert war, mit ruhigen Schritten dem kräftigen Wind entgegen, das Rauschen der Wellen und das Rufen der Möwen im Ohr, ein paar aufgesammelte Muscheln in den Händen... Trotz der noch kühlen Luft hatte er die Schuhe ausgezogen, war barfuß durch den Sand gewandert und durch das kalte Wasser natürlich auch. Nun allerdings saß er nicht am Strand, sondern hier im Garten, aber in einem Strandkorb – er legte das Buch zur Seite und schloss die Augen. Nach einiger Zeit weckte ihn ein leises Klappern von Geschirr. Der Onkel stellte Kaffeetassen und Teller auf den Gartentisch. „Na, ausgeschlafen? Und bist du im Traum an der Nordsee herumspaziert?" fragte er. „Geschlafen hab ich wohl, aber nichts geträumt", schmunzelte der Neffe. Die Tante brachte Kaffee und Kuchen. Der Neffe meinte: „Wie schön, dass ich hier bei euch sein darf – und nicht erst eine Flugreise machen muss, um mich wie im Urlaub zu fühlen!" Die Tante stimmte ihm zu: „Angesichts des Klimawandels ist das auch besser so – und wir freuen uns, dass du uns besuchst!"

Spielende Kinder

„Tatütata... die Feuerwehr ist da....tatütata......!" Laut und fröhlich klang das Rufen der Kinder. Der Mann, der am Küchentisch saß und die Tageszeitung las, wunderte sich. Konnte es sein, dass Kinder von heute noch so spielten? Dass sie so riefen, wie seine eigenen Kinder vor zwanzig, nein: vor dreißig Jahren gerufen hatten? Sogar er selbst hatte als Kind so gerufen! Er stand auf und trat ans Fenster. Der Spielplatz lag seinem Haus gegenüber. Als Kollegen ihn damals nach dem Einzug besuchten, hatte einer ihn bedauert: „Gleich beim Kinderspielplatz, da hast du´s immer laut!" Seine Frau und er aber hatten den Platz eher begrüßt, sowohl für die eigenen als auch für andere Kinder. Außerdem schauten sie dadurch ins Grüne und nicht gegen ein Haus.

Drei Jungen sah er, einen kannte er mit Namen: Emil wohnte eine Straße weiter, er war im Sommer eingeschult worden. Irgendwann hatte es ein Straßenfest gegeben, da hatte er den höflichen Jungen und seine alleinerziehende Mutter kennengelernt, eine sympathische junge Frau. Die beiden anderen Jungen wohnten sicher auch im Dorf, er meinte, sie vom

Sehen zu kennen.
Der Spielplatz hatte eigentlich nicht viel zu
bieten, nur einen großen Sandkasten, eine
Rutsche, zwei Schaukeln und einen
Kletterturm. Kinder waren eher selten da.
Vor ein paar Jahren hatte das noch anders
ausgesehen. Kinder, die im Sand etwas
bauten, oder kleinere, die sich von Mama
oder Papa auf die Schaukel setzen und
anschubsen ließen – mittlerweile waren die
meisten aus dem Spielplatzalter heraus.
Manchmal kam eine Gruppe aus dem
Kindergarten herspaziert und verbrachte
einige Zeit hier, aber oft lag der Platz leer
und still da. Heute nun das fröhliche Rufen
der drei Jungen! Der Mann schaute noch
immer aus dem Fenster. Sie schaukelten
abwechselnd eine Weile, kletterten dann auf
den Turm, saßen jetzt alle drei oben und
schienen sich über etwas Wichtiges zu
unterhalten. Sie wirkten dabei sehr ernst.
Er setzte sich wieder an den Tisch, um
weiter Zeitung zu lesen. Er las von den
Demonstrationen gegen den Klimawandel.
Vor allem Schülerinnen und Schüler gingen
auf die Straße – er verstand sie gut, auch
wenn er es nicht so ganz in Ordnung fand,
dass die Jugendlichen dafür die Schule
ausfallen ließen. Aber manchmal gab es
eben kein anderes Mittel, als zu streiken,
die Erwachsenen machten es doch
eigentlich vor. Und war es nicht

beeindruckend, wie viele Veranstaltungen es jetzt gab? Er selbst bemühte sich um eine vernünftige, sozusagen umweltfreundliche Lebensweise und hoffte, dass das, was an wissenschaftlichen Erkenntnissen schon vorlag, schnell zum Schutz des Klimas zum Tragen käme.

Es klingelte. Als er öffnete, stand Emil vor der Tür. „Hallo, Emil!" begrüßte er ihn überrascht. „Hallo... ich wollte nur mal eben guten Tag sagen.... und ich muss ganz dringend aufs Klo!" „Na, dann komm mal rein. Hier ist die Toilette!" Er öffnete die Tür zum Gäste-WC, der Kleine verschwand, wenig später rauschte die Wasserspülung.

„Alles klar?" - „Ja, danke, ich bin dann mal wieder weg – wir reden nämlich über die Demo am Freitag! Vielleicht machen wir da auch mit!"

Der Mann staunte. Darüber hatten die spielenden Kinder also gesprochen!

Freitagnachmittag

Rot – gelb – grün. Langsam sprang die Ampel um, die den Straßenverkehr an der Baustelle auf der Landstraße regelte, und langsam, fast zögernd, setzten sich die Autos in Bewegung. Hier wurden nicht nur ein paar Schlaglöcher geflickt, sondern einige hundert Meter Fahrbahn erneuert! Sie war zum Einkaufen unterwegs, die kleine Verzögerung machte ihr nichts aus. Es war Mittagszeit. Im Supermarkt war weniger los als gedacht, sie schob den Einkaufswagen durch die Gänge und legte einiges hinein: Salat und Paprika, Bananen und Pfirsiche, Milch und Joghurt. An der Kasse ging es auch zügig, und so war sie bald wieder auf der Heimfahrt. Bei der Baustelle war die Schlange der wartenden Autos vor der Ampel jetzt schon sehr lang, sie kam bei der ersten Grünphase noch nicht durch und bemerkte hinter sich einen ungeduldigen Autofahrer, der sehr dicht auffuhr und sich wohl über das erneute Rot ärgerte. Endlich ging es weiter. Bei der ersten Gelegenheit scherte er zum Überholen aus. Das Überholmanöver war riskant. Dem Kennzeichen nach hatte er noch eine ordentliche Strecke vor sich. Wahrscheinlich wollte er einfach so schnell wie möglich nach Hause, vielleicht warteten

Frau und Kinder? „Hoffentlich kommt er heil an", dachte sie. Zuhause angekommen trug sie die Einkäufe ins Haus und räumte die Lebensmittel in Vorratsraum und Kühlschrank. Später deckte sie den Kaffeetisch für ihren Mann und sich. Freitags kam er immer eine gute Stunde früher von der Arbeit, so dass sich das gemeinsame Kaffeetrinken anbot – und sich auch so eingespielt hatte: sie plauderten ein bisschen von der Woche oder vom Tag und läuteten damit zugleich das Wochenende ein. Nun war der Tisch gedeckt, der Kaffee gekocht, etwas Gebäck bereitgestellt, nur ihr Mann noch nicht da – heute schien er sich zu verspäten. Sie schaute etwas unruhig immer wieder auf die Uhr. Obwohl ihrem Mann noch nie ein Unfall geschehen war, konnte sie nicht anders als sich Sorgen zu machen: Hoffentlich war nichts passiert! Mehr als eine halbe Stunde verging... Dann endlich das Auto, das Aufschließen der Haustür, die vertraute Stimme: „Hallo, meine Liebe!" Erleichtert antwortete sie: „Hallo, mein Lieber, schön, dass du da bist – Gott sei dank!" Ihr Mann bedauerte, dass sie sich gesorgt hatte. „Du musst dir doch keine Sorgen machen, mir passiert nichts!" sagte er nun wie schon oft. Er erklärte, dass heute auf der Autobahn gleich nach seiner Auffahrt ein Stau gewesen war, eine Baustelle wurde dort eingerichtet, der Verkehr von drei auf zwei Spuren, von zwei auf eine Spur geleitet, da ging es eben nur langsam vorwärts – auch wenn es manche Drängler gegeben habe, die mit hoher Geschwindigkeit bis zur letzten Möglichkeit des Einscherens gefahren seien. „Manche haben es aber auch immer eilig! Obwohl das gar nichts bringt außer der Gefährdung aller Beteiligten!" Seine Frau nickte. „Ich hatte heute nach dem Einkaufen auch einen sehr ungeduldigen Autofahrer hinter mir. Manchmal kann man sich wundern, dass nicht noch mehr Unfälle passieren! Siehst du, so habe ich doch allen Grund, erleichtert zu sein, dass du heil zuhause bist. Und jetzt freue ich mich auf den Kaffee mit dir!" Sie setzten sich an den gedeckten Tisch und ließen es sich schmecken.

Ein Autounfall

Es hatte alles gut geklappt am Vormittag: die Fahrt zur Bank für ein kurzes Gespräch, die Weiterfahrt zur Ärztin für eine Untersuchung. Sie sei zufrieden, fasste die Ärztin ihr Ergebnis zusammen, und so fuhr sie, die Patientin, ebenfalls zufrieden nach Hause. Ihre Tochter, die vor einem Jahr den Führerschein gemacht hatte und gern hinter dem Steuer saß, wollte nachmittags für einen Termin das Auto haben, so hatten sie es abgesprochen. Die meisten Vorhaben erledigte sie zwar per Bus, aber manchmal war es doch nett, ein Auto nehmen zu können. „Ich bringe auf dem Weg noch das Altglas weg", sagte die Tochter mittags, packte den Korb mit dem gesammelten Leergut in den Kofferraum und fuhr los.
Wenig später klingelte das Telefon. „Hallo Mama, ich hab einen Unfall gebaut... mir ist nichts passiert, aber.... könntest du vielleicht herkommen?" Sie erklärte, dass sie beim Parkplatz mit dem Altglascontainer sei, und die Mutter machte sich zu Fuß auf den Weg. Schon von weitem sah sie zwei Autos mitten auf der Straße stehen. Die Warnblinkanlagen leuchteten, Warndreiecke waren aufgestellt, ein hilfsbereiter Anwohner regelte den Verkehr – gerade jetzt kamen ein Schulbus, ein LKW und

mehrere Autos. Als die Mutter bei der Unfallstelle eintraf, erklärte die Tochter, sie habe vom Parkplatz auf die Straße fahren wollen, und dabei war es passiert: einem Wagen, der auf den Parkplatz wollte, war sie in die Seite gefahren. Die Türe war beschädigt, aber der Fahrer war ebenfalls unverletzt. Er sagte nur immer wieder, vor zwei Wochen erst hätte das Auto schon einmal repariert werden müssen, da sei er nämlich gegen einen Pfeiler gefahren. Namen und Telefonnummern hatten sie ausgetauscht. Gemeinsam warteten sie nun auf die Polizei. Zwei junge Beamte kamen, ließen sich von den beiden Beteiligten nacheinander den Unfallhergang schildern. Es war klar, die Tochter war schuld; sie wurde mündlich verwarnt. Mit Blick auf das kaputte Glas eines Scheinwerfers vorn und auf die verbeulte Stoßstange sagten sie der jungen Frau, damit könne sie noch fahren. „Und jetzt?" fragte die Tochter. „Jetzt fahren wir in die Werkstatt und dann nach Hause", sagte die Mutter. Glücklicherweise gab es eine Autowerkstatt im Ort. Ein freundlicher Mitarbeiter betrachtete den Schaden und sagte in beruhigendem Ton, wie zuvor der Polizist, fahren könne man ja noch mit dem Auto. Sie sollten jetzt erst einmal mit der Versicherung telefonieren, danach werde man sich um einen Termin für die Reparatur kümmern.

Zuhause angekommen suchte die Mutter die Telefonnummer der Versicherung heraus, rief dort an und meldete den Schadensfall. Noch am Schreibtisch sitzend nahm sie aus ihrer Postkartenschachtel eine Spruchkarte. Die Tochter kam hinzu und bedankte sich: „Danke, Mama, dass du zu mir gekommen bist!" - „Aber ich konnte doch gar nichts tun?" wandte die Mutter bescheiden ein. „Ich war einfach froh, dass du da warst", antwortete die Tochter. Die Mutter sagte: „Und ich bin froh, dass niemandem etwas passiert ist. Zum Glück müssen wir nur in die Werkstatt und nicht ins Krankenhaus!"

„Ja, zum Glück", stimmte die Tochter zu und nickte lächelnd, als die Mutter ihr die Spruchkarte gab, auf der stand: „Fahre nicht schneller, als dein Schutzengel fliegen kann."

Selbstgebackenes Brot

„Was machen wir heute?" Die Frage des Dreijährigen klang gar nicht so müde, wie die Mutter es nach der unruhigen Nacht erwartet hatte. Immer wieder hatte der Kleine gehustet. Sie war einige Male aufgestanden, um nach dem Kind zu sehen, so dass sie selbst sich unausgeschlafen fühlte. Bei den Kindern hatte sie schon oft bestaunt, dass diese trotz fehlenden Schlafes am Morgen voller Tatendrang und Energie in den Tag starteten. Im Kindergarten hatte sie allerdings angerufen und Bescheid gesagt, dass der Sohn heute wegen des Hustens zuhause bleibe. Die Erzieherin hatte fast erleichtert geklungen, ein erkältetes Kind weniger betreuen zu müssen, es seien schon viele krank.

„Machen wir heute was – was machen wir heute?" wiederholte der Kleine seine Frage.

„Du sollst heute viel Tee trinken, damit der Husten besser wird. Und ich möchte ein Brot backen, dabei kannst du mir helfen", antwortete die Mutter. Der Junge wunderte sich. Ein Brot? Kuchen oder Gebäck, das gab es ja öfter, aber Brot, das kaufte man doch einfach ein?

Fragend schaute er die Mutter an. Deren Freundin hatte neulich ein Rezept geschickt und davon geschwärmt, dass sich aus wenigen Zutaten ein leckeres Brot bereiten ließe. „Und du weißt dann auch, was drin ist!" hatte sie noch betont. Außerdem stehe danach nicht die ganze Küche kopf, weil man außer einer Kastenform nur eine Rührschüssel und einen Holzlöffel brauche. „Doro hat mir ein Rezept geschickt, das ich ausprobieren möchte. Magst du mir helfen?" Der Junge nickte eifrig.

Wenig später hielt er mit beiden Händen den hölzernen Kochlöffel gut fest und verrührte sorgfältig die Zutaten, die die Mutter in die Schüssel gab: Mehl, Trockenhefe, Honig, Salz, Quark, warmes Wasser... Die roten Wangen und der Glanz in den Augen kamen nicht nur von der Erkältung, sondern auch vom Eifer beim Rühren! Als alles gut vermischt war, hieß es eine halbe Stunde warten, damit der Teig gehen konnte. Der Junge trank seinen Hustentee, die Mutter fettete die Kastenform ein und stellte den Backofen zum Vorheizen an. Dann kam der Teig in die Form, die Form in den Ofen - und bald zog ein wunderbarer Duft durch die Küche. „Wie lange dauert das denn?" - „Eine Stunde soll das Brot backen, dann muss es gut abkühlen... das dauert schon noch eine Weile!" Sie spülten die Schüssel und den Löffel ab, setzten sich mit einigen Bilderbüchern auf die Küchenbank, schauten und erzählten, bis die Backofenuhr piepte und das Brot aus dem Ofen genommen werden konnte. Es löste sich gut aus der Form und stand nun zum Abkühlen auf einem Kuchenrost, nicht ohne von dem kleinen Bäcker stolz bestaunt zu werden: „Und wann essen wir das?" Die Mutter vertröstete ihn auf das Abendbrot.

Als am Abend der Tisch für die ganze Familie gedeckt wurde, meinte sie in den Augen des Kleinen wieder einen frohen Eifer zu erkennen, lobte ihn und hoffte, dass der Junge sich beim Heranwachsen, beim Erwachsenwerden das würde bewahren können: die Freude darüber, helfen zu können, und das Gefühl, auf etwas Gelungenes ein wenig stolz sein zu dürfen; das gehörte doch irgendwie zusammen. Gespannt schauten alle auf das frische Brot, die Mutter schnitt einige Scheiben ab, sie probierten. Es schmeckte wirklich gut.

Im Wartezimmer

„Nehmen Sie bitte noch im Wartezimmer Platz!" Höflich gab die Arzthelferin ihr diesen Hinweis. Vor einer Woche war sie zum Blutabnehmen nur in dem kleinen Nebenraum, im „Labor", gewesen . Heute wollte der Arzt die Ergebnisse mit ihr besprechen – und ein paar Fragen, die sie ansprechen wollte, hatte sie sich auch noch überlegt. Natürlich kannte sie das Wartezimmer seit Jahren, doch sah es jetzt anders aus als sonst, etwas war verändert: Jeder zweite Stuhl war mit Bändern beklebt und dadurch sozusagen gesperrt, damit die Patienten mehr Abstand zueinander hatten. Außerdem waren die Zeitschriften und Bücher, die sonst auf dem Tisch lagen, weggeräumt. Diese Maßnahmen sollten helfen, die Verbreitung des Coronavirus einzudämmen. Auch das Tragen eines Mund-Nasen-Schutzes war darum Pflicht. Sie betrat grüßend den Raum. Die anderen Patienten erwiderten den Gruß. Wegen der Masken sah man nicht wirklich die Gesichter, sondern nur die Augen, die teils freundlich, teils gelangweilt oder einfach müde blickten. Sie setzte sich auf einen der letzten freien Stühle und dachte an vergangene Termine. Einmal hatte sie bewundernd beobachtet, wie eine Patientin nicht nur in den Zeitschriften las, sondern hin und wieder ihr Smartphone zückte und das, was ihr interessant erschien, fotografierte. Manchmal hatte ein Kind ein Buch ausgesucht und zu seiner Mutter gebracht, damit diese daraus vorlas, um die Langeweile zu vertreiben. Gern hatte sie dabei zugehört und die Geborgenheit gespürt, die ein solches Vorlesen vermittelt.

Nun war dieser Lesestoff also beiseite geräumt. An der Tür klebten unverändert einige Plakate und Informationen. Zu lesen war dort auf einem bunten Blatt auch der Spruch: „Wir lassen Sie ungern warten!" Nun: Geduld musste man schon mitbringen, denn der Arzt untersuchte gründlich und nahm sich für jeden ausgiebig Zeit. Die meisten Patienten lobten das zwar, aber es entstanden häufig lange Wartezeiten, was leider manchmal auch zu Gemecker führte.

Da das Blättern in den Zeitungen entfiel, packte sie aus ihrer geräumigen Handtasche das Strickzeug aus. Socken für ihren Mann strickte sie gerade. Die Wolle hatte unterschiedliche Farben, so dass ganz von selbst nach und nach ein hübsches Muster entstand. Sie setzte sich gerade hin, lehnte sich dann aber doch ein wenig zurück an die Rückenlehne, saß ganz bequem und begann zu stricken. Als nach einer Weile der nächste Patient aufgerufen wurde, murrte ein anderer: „Ich dachte schon, heute geht es hier gar nicht weiter!" Er schnaufte angestrengt unter seiner Atemschutzmaske. Die Arzthelferin blieb freundlich, mahnte zur Geduld und sagte: „Sie sind auch bald an der Reihe!" Als er eine Weile später aufgerufen wurde, erhob er sich mit einem mürrischen „Na endlich!" Die Arzthelferin verzog keine Miene. Die übrigen Wartenden zogen heimlich die Augenbrauen hoch oder seufzten ganz leise. Niemand wollte den ungeduldigen Mann unnötig provozieren. Runde um Runde strickte sie weiter an der Socke. Als absehbar war, dass sie bald ins Sprechzimmer gerufen würde, hob sie die Handarbeit prüfend hoch. „Da sind Sie aber gut weitergekommen!", sagte eine Dame neben ihr. „Ja, so habe ich die Wartezeit wenigstens dafür nutzen können", antwortete sie, packte das begonnene Werk sorgfältig ein und lächelte hinter ihrer Maske. „Aber es bleibt noch genug zu tun - mein Mann hat nämlich Schuhgröße 48!"

Herbsthimmel

Graue Wolken bedeckten den Himmel, soweit man sehen konnte; teils hellere, teils dunklere Wolken, aber alle waren grau. Dazu wehte ein frischer Wind, richtiges Herbstwetter war das. „Ob ich heute meinen Drachen steigen lassen kann?" fragte Anna ihre Mama. „Das ist eine gute Idee! Lass es uns bei einem Spaziergang nachher versuchen", antwortete diese. Am Nachmittag zogen beide sich wetterfest an, Anna holte ihren Drachen, und so zogen sie los. Sie spazierten die Straße entlang, aus dem Dorf hinaus, bis zu dem großen, freien Feld vor dem Wald. Die Kleine stellte sich mit dem Rücken gegen den Wind, die Mutter hielt den Drachen hoch. Anna lief ein paar Schritte rückwärts, der Drachen torkelte ein wenig und stürzte wieder nach unten.

Zweiter Versuch! Wieder hielt die Mutter das Fluggerät hoch, das Mädchen lief rückwärts – und nun schraubte der Drachen sich in die Höhe. So gut hatte das sonst noch nie geklappt! Konzentriert hielt das Mädchen die Drachenschnur mit beiden Händen fest, die Arme lang ausgestreckt, und schaute strahlend nach oben. „Wie toll er fliegt!", jubelte sie, und die Mutter freute sich mit ihr. Der Drachen sah aus wie ein prächtiger, großer Schmetterling. Seine bunten Farben leuchteten wunderschön vor der grauen Kulisse. Eine ganze Weile flog dieser besondere Schmetterling hoch oben und ein wenig hin und her, bevor er nach unten segelte und unsanft auf der Wiese landete. Aber er ging nicht kaputt dabei. Sogleich wurde er wieder in den Wind gehalten und in die Höhe gebracht, Mutter und Tochter bekamen allmählich Übung darin.

Während beide dem bunten Schmetterlingsdrachen zuschauten, wanderten die Gedanken der Mutter zurück. Als sie im Alter ihrer Tochter gewesen war, hatte sie mit ein paar Nachbarskindern einmal selbst einen Drachen gebastelt. Dünne Latten hatten sie zu einem Kreuz zusammengehämmert und dann das ganze mit einem großen Bogen Transparentpapier bespannt. Toll hatte das ausgesehen, leuchtend rot war das Papier gewesen, stolz hatten sie ihren Drachen betrachtet – nur geflogen war das Bastelwerk nicht! Die Latten zu schwer, das Papier schnell eingerissen, die ganze Pracht dahin – sie erinnerte sich gut an die Enttäuschung.

Umso mehr freute sie sich, dass dieser gekaufte Drachen heute so prima flog. Außerdem tat es einfach gut, sich hier draußen in der Herbstluft zu bewegen.

Noch einige Male landete das Spielzeug auf dem Feld und wurde wieder neu gestartet.

Das Rauschen des Windes passte gut dazu, manchmal gab der Drachen auch knatternde Geräusche von sich. Ganz allmählich wurden Mutter und Tochter müde, es war nun lange genug. „Wollen wir so langsam mal wieder nach Hause gehen?" fragte die Mama, und die Kleine nickte zustimmend, holte beinah fachmännisch ihren Drachen herunter und wickelte dabei sorgfältig die Schnur auf. Dann aber blieb sie wie angewurzelt stehen, den Blick wieder zum Himmel gerichtet: „Mama, guck mal – Zugvögel!" Die Mutter schaute ebenfalls nach oben und freute sich: „Ja, das sind Kraniche! Wie schön! Die fliegen wohl in ihr Winterquartier, nach Frankreich und nach Spanien...." - „So weit müssen die?" staunte Anna, und fügte hinzu: „Wie gut, dass wir gleich zuhause sind!" Müde und zufrieden beendeten die beiden ihren Spaziergang.

Herbsttag im Stadtpark

Nach dem Mittagsschlaf beschloss die alte Frau Grün, die Enten im Stadtpark zu besuchen. Sie ging gerne in den schönen Park, wo jetzt im Herbst alle Bäume mit bunten Blättern geschmückt waren. Ahorn, Kastanie und auch ein Gingko gediehen prächtig. So oft schon war sie mit ihrem Mann hier spazieren gegangen! Meist an den Sonntagen, erst als junges Ehepaar, später als junge Eltern mit dem Kinderwagen, dann mit den Kindern an der Hand... und noch viel später mit der Enkeltochter. Im Sommer war die Kleine für ein paar Tage zu Besuch gewesen, ganz stolz, ohne Mama und Papa bei Oma und Opa bleiben zu dürfen. Mit Übernachten! Das anfangs gefürchtete Heimweh hatte sich glücklicherweise nicht eingestellt. Der Spaziergang in den Stadtpark hatte jeden Vormittag dazugehört. „Gehen wir jetzt die Enten füttern?" war nach dem Frühstück immer die erste Frage gewesen, einige Brotstückchen wurden in eine Tüte gepackt, dann ging es los. An Opas oder Omas Hand hüpfte die Kleine fröhlich plaudernd und gab zu allem, was sie sah, einen Kommentar, besonders zu den Auslagen in den Schaufenstern, vielleicht der deutlichste Unterschied zum Heimatdorf, in dem es nur ein Lebensmittelgeschäft gab. Mit heller Stimme teilte die Kleine ihre Eindrücke mit, es war eine Wonne, ihr zuzuhören. Am Teich angekommen versuchte sie, die Enten zu zählen, bestaunte auch die beiden großen, weißen Schwäne, die sich ebenso für die Brotstückchen interessierten, und achtete sorgfältig darauf, dass jedes Entchen etwas bekam und keines hungrig wegschwimmen musste.

Mittags wurde geruht, nachmittags ein wenig gespielt, abends etwas vorgelesen und schon der Plan für den nächsten Tag gemacht: „Morgen gehen wir wieder in den Park, oder?" Es waren schöne Sommertage gewesen.

Zur Zeit ging es dem Opa nicht so gut, alles schien zu anstrengend, das Herz wurde wohl müde. Er mochte nicht mehr mitgehen in den Park. Aber seine Frau sollte trotzdem gehen, darauf legte er sogar Wert: Nicht, dass die Enten zu wenig Futter bekämen!

Als Frau Grün heute am Nachmittag zu der kleinen Brücke kam, von der man den Teich schon sehen konnte, bemerkte sie, dass einige Kinder die Enten wild über die Wiese scheuchten. Die Mädchen und Jungen waren wohl ein wenig älter als ihre Enkelin, nicht mehr in diesem noch achtsamen und entdeckenden Kindergartenalter, schon Schulkinder, etwas mehr zum Kräftemessen oder Quatschmachen aufgelegt. Eilig lief sie weiter und wäre dabei fast ins Stolpern geraten. Aufgeregt kam sie am Teich an. Mit ernstem Blick stellte sie sich mitten in das Durcheinander. Die Kinder, die so beim Ärgern der Enten gestört wurden, schauten erst erstaunt, dann aber doch verlegen in das traurige Gesicht der alten Frau. Nach kurzem Zögern drehten sie sich um und sausten davon.

Die Enten hockten bald wieder ruhig nebeneinander. Frau Grün spazierte langsam zwischen ihnen herum, verteilte das mitgebrachte Brot und blieb lange dort – bis der Mond gelb wie eine große Laterne in der Dämmerung leuchtete. Nun fühlte sie sich zufrieden, und sie brachte diese friedliche Stimmung auch mit nach Hause zu ihrem Mann, der sich freute, als sie ihn in die Arme nahm.

Urlaubsgefühl

„Ist das ein Betrieb hier!", staunten die beiden Frauen. Sie wollten einen Spaziergang machen, wollten den spätsommerlichen Tag noch nutzen, bevor sicher schon bald nasskaltes Herbstwetter einsetzen würde. Mit dem Auto hatte die eine die andere abgeholt, sie waren eine Viertelstunde gefahren in einen kleinen Ort an der Mosel. In einer Reihe von Autos mit auswärtigen Kennzeichen ergatterten sie den letzten freien Parkplatz, dann spazierten sie los und wunderten sich: So viele Leute! Spaziergänger, Fahrradfahrer, Touristen! Für die Gastronomie, die ja heftige Einbußen verkraften musste in diesem Jahr, war der Betrieb sicher gut. Aber ob die vielen Menschen nicht zu leichtfertig waren? Ob sie die Regeln genug beachteten? Man sollte Abstand halten... auf Hygiene achten... Mund-Nasen-Bedeckungen, sogenannte Alltagsmasken, tragen... Allerdings vertrauten viele wohl darauf, dass man sich in der frischen Luft nicht anstecken würde, und so war hier eben richtig viel los.

Plaudernd spazierten die beiden Frauen am Fluss entlang, hin und wieder anderen Spaziergängern oder Radfahrern ausweichend. Nach einem Stück Weg kam eine kleine Kapelle in Sicht, gleich im Weinberg. Die eine Frau, die aus der Gegend stammte, erzählte, dass sie früher mit ihren Eltern manchmal hier gewandert sei. Die andere Frau, vor einigen Jahren zugezogen, hörte erfreut zu und konnte über ähnliche Spaziergänge in ihrem Heimatort berichten. Leise betraten sie das winzige Kirchlein. Im Innenraum, der sie den Trubel draußen etwas vergessen ließ, betrachteten sie eine Steinplastik, die Christus in der Kelter zeigte. Gern hätten sie eine Kerze angezündet, doch es brannte noch keine und es lagen auch keine Streichhölzer bereit. So setzten sie sich nur kurz still hin, und jede hing wohl ihren Gedanken nach, bevor sie sich auf den Rückweg machten.

Als sie an einem Café vorbeikamen, kehrten sie dort ein. Auf der Terrasse standen mehrere Tische in der Sonne, doch waren beide froh, dass gerade ein Tisch im Schatten frei wurde. Nachdem sie die Kuchenauswahl an der Theke drinnen betrachtet hatten, nahmen sie draußen Platz und notierten ihre Kontaktdaten auf dem dafür vorgesehenen Blatt. Bei der freundlichen Bedienung bestellten sie Heidelbeer-Joghurt-Torte und Kaffee. Mit dem Blick auf den Fluss unterhielten sie sich weiter und freuten sich auf das Bestellte.

Der Kuchen war ein Genuss, auch der Kaffee schmeckte! Die Stärkung tat ihnen gut.

Als sie später wieder zum Auto gingen, schlug die eine vor, auf der Rückfahrt noch im nahegelegenen Wallfahrtsort bei der Kirche zu halten und eben dort eine Kerze anzuzünden. „Gute Idee", meinte die andere. So fuhren sie in den Ort und gingen in die spätgotische Wallfahrtskirche, zu der viele Pilgergruppen kamen, alljährlich über hunderttausend Besucher; eigentlich war hier immer etwas los! Zur Zeit waren aber weder Fußgruppen noch Busse mit Pilgern unterwegs. In der Gnadenkapelle angekommen, betrachteten die Frauen die Reihe der kleinen, flackernden Opferlichter. Sie warfen passende Münzen in den dafür vorgesehenen Kasten, nahmen jede eine Kerze, zündeten sie an und stellten sie zu den anderen. Einen Moment setzten sie sich in die Kirchenbank, bevor sie sich – nun auf andere Weise gestärkt – auf die Heimfahrt begaben.

„Wir wohnen, wo andere Urlaub machen!" So verabschiedeten sich die beiden Frauen, und jede ging mit einem Urlaubsgefühl in ihren Alltag.

In der Kirche

„Wie lange dauert´s noch?" Die helle Kinderstimme war während eines stillen Moments der Messe in der ganzen Kirche deutlich zu hören. Schnell legte die Mutter mit einem „Pschschscht!" den Zeigefinger an ihre Lippen. Beinah erleichtert war sie, als kräftig und voll die Orgel ertönte und die Gemeinde das nächste Lied anstimmte. Sie selbst sang auch gerne mit! Der Kleine schaute aufmerksam zu ihr hoch und fragte wenig später laut: „Und was kommt jetzt?" Wieder reagierte die Mutter rasch, sprach dann leise erklärend zu ihrem Sohn, der gut zuhörte und zwischendurch nickte. Einige Frauen und Männer in den Kirchenbänken lächelten. Sogar der Pastor schmunzelte. Er freute sich, wenn junge Familien zum Gottesdienst kamen. Er hatte leider mehr Beerdigungen zu halten als Taufen zu spenden, die Gemeinde insgesamt war eher alt. Den kleinen Gottesdienstbesucher hatte er vor zwei oder drei Jahren getauft.
„Wie lange noch?" Wieder meldete sich der Junge mit heller Stimme zu Wort. Aus den hinteren Reihen war ein energisches Räuspern zu vernehmen. Dort fühlte sich wohl jemand gestört.
Zur Kommunion ging der Kleine mit seiner

Mutter nach vorne. Der Pastor segnete ihn, und als er wieder in der Bank saß und seine Mutter nach dem stillen Beten neben ihm Platz nahm, lehnte er sein Köpfchen an ihren Oberarm. Vielleicht wurde er jetzt ein wenig müde. Er fühlte sich bestimmt sicher und geborgen, ganz ruhig saß er da. Die Leute aus den hinteren Reihen gingen nun ebenfalls zur Kommunion. Manche hatten finstere Mienen. Einzelne schauten im Vorbeigehen vorwurfsvoll, ja beinah strafend in Richtung von Mutter und Sohn, was der jungen Frau nicht entging.

Nach dem Ende der Messe, beim Hinausgehen, sprach eine Frau die beiden an: „Guten Morgen! Wie schön, dass Sie mit Ihrem kleinen Sohn in der Messe waren!" Leise antwortete die junge Mutter: „Das hat heute aber nicht jedem gefallen. Einige fühlten sich wohl gestört!" „Lassen Sie sich nicht entmutigen", antwortete die Frau.

Gemeinsam gingen sie weiter, sie hatten ein Stück weit den gleichen Heimweg. Der Kleine lief hüpfend an der Hand seiner Mutter und hörte zu. Die Frau erzählte von ihren beiden Kindern, die sich schon seit einigen Jahren als Messdiener engagierten, aber mittlerweile nur zur Messe gingen, wenn sie auch zum Dienen eingeteilt waren. Sie fand das zwar schade, hatte aber Verständnis dafür. Die Jugendlichen hatten so viele Pflichten: Hausaufgaben, Lernen für

Klassenarbeiten, außerdem die Hobbys: Musikproben, Fußballspiele – da war die Zeit an den Wochenenden ganz schön ausgefüllt!

„Genießen Sie die Zeit, in der Ihr kleiner Sohn einfach mitgeht und Fragen stellt. Diese Kinderjahre vergehen so schnell!" Irgendwann trennten sich die Wege, und die beiden Frauen wünschten sich gegenseitig einen schönen Sonntag. Die junge Mutter nahm sich vor, am nächsten Wochenende wieder mit ihrem kleinen Sohn zur Kirche zu gehen. Schon bald würde er wahrscheinlich nicht mehr während der Messe plappern und Fragen stellen. In wenigen Jahren würde er vielleicht wie die älteren Kinder Messdiener werden – und sie würde sich dann wie die andere Mutter fragen, wo nur die Zeit geblieben ist.

Martinslichter

„Ich geh´ mit meiner Laterne und meine Laterne mit mir!" Munter klang das. Die fröhlichen Kinderstimmen bildeten wirklich einen deutlichen Kontrast zum novemberlichen Wetter, das heute besonders grau und regnerisch war. In diesen Tagen bestimmten die Vorbereitungen für den Martinszug den Alltag in der Kita. Die Kinder bastelten, geduldig unterstützt von den Erzieherinnen, ihre Laternen. Sie übten mehrere Lieder ein, auch das Martinslied, und lauschten der Geschichte vom heiligen Martin. In diesem Jahr zeigten sich einige Kinder entrüstet über das Teilen des Mantels. Schwer zu sagen war, ob es sich dabei um echte oder um gespielte Entrüstung handelte. „Einen Mantel zersäbeln – wie dumm ist das denn?! Da steckt dann ein Arm im Ärmel und der andere Arm nicht und zumachen kann man den Mantel auch nicht... Das ist doch bescheuert!" Manche Kinder lachten über diesen Ausruf, andere schauten erschrocken, ja geradezu hilfesuchend zur Erzieherin. „Moment, Kinder, das gucken wir uns einmal genauer an", sagte diese, holte ein großformatiges Bilderbuch und ließ die Kinder die Bilder betrachten. Dass Martin ein Soldat gewesen war, hatten sie schon gelernt. Nun konnten sie sehen, wie er gekleidet war. Der Soldatenmantel glich eher einem Umhang als einer Jacke. Die Darstellung im Buch ähnelte einer großen Decke. Dass sowohl Martin als auch der Bettler jeweils eine Hälfte bekam, um sich darin einzuhüllen, konnten die Kinder sich nun besser vorstellen, obwohl einige noch zweifelten, ob ein solcher Mantel wirklich für zwei Männer reichte. Andererseits spürten sie bei diesen Überlegungen, dass „teilen" nicht heißt, einfach irgendetwas abzugeben, was man selbst sowieso nicht braucht, sondern auf etwas zu verzichten.

Die Laternen hatten die Kinder schon mit nach Hause nehmen dürfen, um ihre batteriebetriebenen Laternenstäbe auszuprobieren. Angesichts der Wetterlage war es ein Glück, dass nicht echte Kerzen in die Laternen gesteckt werden mussten. Der Wind hätte den Lichtern keine Chance gelassen! Der Regen würde den Bastelwerken arg zusetzen. Darum gab die Erzieherin den Kindern heute den Rat, die Laternen zuhause in Mülltüten einzupacken. Verwundert sahen die Kinder sich an und erzählten mit skeptischem Ton von diesem Vorschlag, aber den Eltern schien das angesichts des Regenwetters eine gute Idee zu sein, und so wurden die Laternen mit den dünnen Plastiktüten verpackt.

Am Abend trafen sich Kinder und Eltern vor dem Kindergarten, um gemeinsam durch den Ort zu gehen bis zum Festplatz, auf dem das Martinsfeuer brennen würde. Die LED-Lämpchen leuchteten zwar etwas gedämpft durch die Tütenfolie, aber man sah die Lichter im Dunkeln ganz gut. Das Knistern der Tüten wurde bald übertönt, abwechselnd vom Singen der Familien und vom Spielen des Musikvereins, der den Zug begleitete. Beim Feuer angekommen, standen alle eine Weile zusammen. Mit Mikrophon und Lautsprecher wurden einige Gedanken zur Geschichte des Heiligen Martin und über die Bedeutung des Teilens in der heutigen Zeit vorgelesen. Anschließend beteten alle gemeinsam ein Vaterunser, bevor einige Feuerwehrleute die Martinsbrezeln an Groß und Klein verteilten. Zuhause nahmen die Kinder ihre Laternen aus den raschelnden Tüten und lösten sie von den Batteriestäben. So manche Laterne wurde mit einer richtigen Kerze auf die Fensterbank oder auf den Tisch gestellt. Jetzt wirkte das Licht doch viel schöner, sicher hätte es Martin gefallen: Es vermittelte Wärme und Geborgenheit.

Alte Bücher

„Diese beiden Tüten nimmst du mit!" Zwei große Tragetaschen standen neben der Wohnungstür, vollgepackt mit Büchern. „Nimm alle mit, vielleicht kannst du sie selbst gebrauchen, sonst verschenkst du sie – oder du wirfst sie weg! Ich kann damit nichts mehr anfangen", sagte die Tante. Der Umzug aus der Wohnung in ein Zimmer im Altenheim stand bevor, sie verschenkte und verteilte alles, was sie nicht mehr brauchte, weil sie im neuen Zuhause viel weniger Platz haben würde.

Gerne nahm die Nichte die Bücher mit. Schon immer hatte sie viel gelesen. Sie dachte an die Ferientage zurück, die sie als Kind bei ihrer Tante verbracht hatte. Nebenan war die Pfarrbücherei gewesen. Interessiert war sie an den Regalen entlang geschlendert, in denen nach Themen und Lesealter sortiert immer etwas zu entdecken war. Ganze Stapel von Büchern hatte sie sich ausleihen dürfen, hatte abends gelesen, bis ihr die Augen zufielen, und morgens nach dem Aufwachen gleich weiter geschmökert. Beim Lesen ganz eintauchen in eine Geschichte, nichts anderes mehr hören und sehen – sie hatte das wirklich genossen! Mittlerweile las sie zwar nicht mehr so viel, aber Bücher waren ihr weiterhin wichtig. Allerdings war deshalb in den eigenen Regalen auch kaum noch Platz!

Sie packte die Tüten aus und betrachtete die Bücher, die ihre Tante ihr mitgegeben hatte. Ein paar, die ihr besonders interessant und lesenswert erschienen, sortierte sie in die letzten Lücken ihrer Regale ein. Dann fragte sie sich: Was mache ich nur mit dem Rest? Ihr fiel niemand ein, dem sie davon etwas hätte schenken können. Darum suchte sie im Telefonbuch nach der Nummer eines Antiquariats und rief dort an. Der Mann am Telefon war freundlich, hörte genau hin bei Autoren, Titeln und Erscheinungsjahren der Bücher, erklärte aber, davon könne er nichts ankaufen. Solche Bücher habe er mehr als genug, das kaufe niemand, und sein Platz sei begrenzt, so dass er irgendwann auch nicht anders könne als die Bücher zu entsorgen. „Das kommt dann leider in die blaue Tonne!" Die alten Bücher sollten einfach ins Altpapier? Das behagte ihr nun wirklich nicht.

Im Pfarrbrief las sie, dass der Förderverein am nächsten Sonntag einen Nachmittag zugunsten der Kirche veranstalten wollte, Kaffee und Kuchen sollte es geben und auch einen kleinen Bücherflohmarkt. Dort brachte sie die Bücher als Spende hin und beratschlagte mit den Leuten vom Verein über den Preis. Einen Euro pro Buch wollten sie ansetzen, so schrieben sie es auf ein Schild.

Es gab durchaus Interessenten am Bücherstand, die einzelne Bücher in die Hand nahmen und darin blätterten. Allerdings schauten die Leute vorwiegend nach neueren Büchern, einige kauften auch welche; von den geerbten, alten jedoch fand keines einen Käufer. Abends packte sie ein wenig enttäuscht alles wieder ein, trug die schweren Tüten zum Auto und fuhr nach Hause.

Versuch gescheitert! Eine Weile stand sie unschlüssig vor der blauen Tonne, dann gab sie sich einen Ruck: Hinein damit! Sie leerte die Tüten aus, ließ die Bücher in die Tonne fallen und ging ins Haus. Im Wohnzimmer nahm sie eines der einsortierten alten Bücher aus dem Regal, setzte sich bequem in einen Sessel und begann zu lesen. Dieses ruhige, stille Dasitzen tat nach dem quirligen Nachmittag besonders gut.

Suchen und finden

„Weißt du, wo mein Hausschlüssel ist? Ich dachte, ich hätte ihn hier ans Schlüsselbrett gehängt, aber da ist er nicht... Hast du ihn vielleicht gesehen?" Nein, sie wusste nicht, wo ihr Mann seinen Schlüssel hatte. Sie wusste nur, dass dieses Suchen nach einem Schlüssel eigentlich zu oft vorkam und dass sie das schon einige Nerven gekostet hatte, wenn er etwas vermisste. Mal den Hausschlüssel, mal den Autoschlüssel, manchmal auch das Portemonnaie – so etwas ließ sie unruhig werden. Wenn das Portemonnaie verloren ging, wäre ja nicht nur das Geld weg, sondern auch noch der Personalausweis! Ihren eigenen Dingen versuchte sie einen festen Platz zu geben und so den Überblick zu behalten. Was, wenn ein Schlüssel in falsche Hände geriete? Also, das machte sie immer gleich ganz nervös! Außerdem ärgerte sie sich über die Zeit, die man mit unnötigem Suchen vergeudete. Ihr Mann dagegen blieb ruhig und unbekümmert, tröstete sich selbst mit dem Spruch: „Das Haus verliert nichts!", wollte sie ebenfalls in schöner Regelmäßigkeit mit diesen Worten trösten, und irgendwann tauchten die verlegten Gegenstände wieder auf. So sagte er auch jetzt: „Der wird sich schon wieder finden", und setzte sich mit der Tageszeitung an den Tisch. Ihr Mann hatte sie schon oft zu mehr Vertrauen, zu mehr Gelassenheit ermahnt. Er konnte gar nicht gut haben, dass sie sich um alles Mögliche Sorgen machte, oft zugegebenermaßen um Kleinigkeiten, die wirklich nicht wichtig waren. Aber die Frage nach dem Schlüssel ließ ihr jetzt einfach keine Ruhe. Ihr Mann hatte eingekauft, war nach Hause gekommen – er hatte nicht geklingelt, also hatte er den Schlüssel da noch gehabt – und hatte die Einkäufe eingeräumt, die Jacke an die Garderobe gehängt. Sie fühlte in den Jackentaschen, schaute auf der Fensterbank neben der Haustür, auf der Ablage, auf dem Küchentisch. „Du hast ihn nicht vielleicht einfach in die Hosentasche gesteckt?" fragte sie zwischendurch. „Da hab ich natürlich schon geguckt, nein, da ist er nicht", antwortete ihr Mann. Er beruhigte sie nochmals mit seinem bewährten Spruch, meinte, sie solle sich nicht mit dem Suchen plagen – aber sie wollte jetzt nicht aufgeben. Der Schlüssel musste gefunden werden! Sie schaute dort nach, wo die Einkäufe verstaut worden waren, im Vorratsraum im Schrank und in der Küche im Kühlschrank. Sie ging auch ins Badezimmer, schaute bei der Toilette nach –

kein Schlüssel war zu finden! Eher zufällig sah sie in der Küche noch in den Abfalleimer, auch dort war kein Schlüssel - „Natürlich nicht, was denkst du denn von mir!", empörte sich ihr Mann. Aber der Eimer war voll. „Ich bringe den Müll mal eben raus", sagte sie, nahm die prallgefüllte Abfalltüte aus dem Eimer und ging zur Mülltonne, die draußen neben dem Haus stand. Dabei fand sie den gesuchten Schlüssel: er steckte von außen in der Haustür! Sie nahm ihn mit ins Haus und sagte: „Guck mal, was ich gefunden habe!" - „Oh, vielen Dank, wo war er denn?" - Sie erklärte, dass der Schlüssel von außen im Schloss gesteckt hatte, und ihr Mann lächelte sie an: „Siehst du, unser Haus verliert nichts!" - „Jaja", stimmte sie ihm etwas genervt zu und schickte ein erleichtertes „Gottseidank!" hinterher.

Weihnachten nach Hause

„Hallo Papa, wie geht es dir?" Munter fragte seine Tochter ihn das am Telefon, aber er wusste, dass sie sich um ihn sorgte. „Gut! Hier geht alles seinen Gang!" Er antwortete so, wie er es ehrlich dachte. Seit Jahren, vielleicht seit Jahrzehnten wählte er dieselbe Formulierung, obwohl sich in den letzten Monaten so viel verändert hatte. Seine Frau war an Demenz erkrankt, schnell war ihre Verfassung schlechter geworden, von einer Woche zur nächsten hatte sie sich überhaupt nicht mehr zurechtgefunden, auch nicht im eigenen Haus. Zum Glück hatte er einen Platz für sie bekommen in einem Pflegeheim in der Nähe, wo er sie gut betreut und freundlich umsorgt wusste, besonders jetzt, wo doch die Besuchsmöglichkeiten so arg beschränkt waren wegen der Pandemie. Sonst hatte er sie jeden Tag dort besucht, sie im Rollstuhl geschoben, gestreichelt oder gefüttert. Doch auch jetzt dachte er aufrichtig: Gottseidank, sie ist ja noch da. Das gab ihm Halt. Außerdem half es ihm, an einigen Gewohnheiten festzuhalten: morgens in Ruhe die Tageszeitung zu lesen, abends im Fernsehen die Nachrichten zu schauen und am Sonntagmorgen die Messe – manchmal wagte er sich auch nach Voranmeldung und mit Maske in die Kirche. Natürlich fehlten ihm die Gespräche, fehlte ihm der Austausch mit seiner Ehefrau. Vor allem aber war das Haus jetzt so groß und so leer. Die beiden Töchter waren hier aufgewachsen, hatten mittlerweile selbst Ehepartner und Kinder, sie wohnten zwei bis drei Autostunden entfernt in unterschiedlichen Richtungen, daher sahen sich die beiden Familien selten. In manchen Ferien und jedes Jahr zu Weihnachten über die Feiertage, manchmal bis zum Jahreswechsel, kamen sie „nach Hause" zu Besuch, dann war das Haus gut belebt, und jedes Mal betonten sie, wie schön sie es fanden, sich hier so unkompliziert treffen zu können – und seine Frau und er selbst hatten es wahrhaftig sehr genossen, Kinder und Kindeskinder beherbergen zu können. So, wie früher die Töchter oft mit einem Buch lange abends lesend am knisternden Kamin gesessen hatten, saßen nun die Enkel dort. Als Kinder ihrer Zeit schauten sie allerdings mehr in ihre Handys, weniger in Bücher, und manchmal ertappte er sich bei dem Gedanken, dass die Enkel wohl auch wegen der guten Internetverbindung so gern bei den Großeltern zu Gast waren. Ja, und nun konnten sie nur noch ihn, den Opa, hier besuchen; die Oma war ja im Heim. Was sollte auf Dauer werden mit dem großen Haus? Diese Frage hatten seine Frau und er nie wirklich geklärt!

„Papa, wegen Weihnachten: wir möchten alle gern zu dir, also nach Hause kommen. Es dürfen ja nicht alle zugleich da sein,wir teilen uns auf, jede Familie an einem Feiertag. Du brauchst nichts Besonderes vorzubereiten, wir kaufen ein und kümmern uns um die Mahlzeiten. Das ist dir doch recht?" Ja, es war ihm recht. Es würden schon harmonische Feiertage werden! Die Aussicht, ein paar Tage nicht allein am Esstisch zu sitzen und außerdem sich nicht um die Mahlzeiten kümmern zu müssen, versetzte ihn tatsächlich in eine Art weihnachtliche Vorfreude. Und jetzt wusste er auch, mit wem er seine Frage besprechen wollte.

Der erste Schnee

„Es schneit, es schneit!" Laut jubelten die Kinder, als sie nach dem Abendbrot beim Blick aus dem Küchenfenster das Einsetzen des Schneefalls bemerkten. In den letzten Tagen hatte es deutlich abgekühlt, der Wetterbericht hatte Niederschläge vorhergesagt und möglichen Schnee angekündigt, aber dass es jetzt wirklich schneite, wunderte sie doch. Eigentlich war es schon finster. Im Licht der Straßenlampen sah man deutlich die tanzenden Flocken, dicht und weich sah das aus – und nach einigen Minuten wirkte die Dunkelheit schon weniger dunkel, denn die Straße wurde weiß. „Können wir nochmal nach draußen?" fragten sie. Der Vater ließ sich anstecken von ihrer Begeisterung und erlaubte es nicht nur, sondern sagte: „Wir gehen zusammen!" Sie zogen sich an: Schuhe, Jacke, Mütze, Schal, Handschuhe; und so gegen die winterliche Kälte gewappnet gingen sie los.

Sie wanderten die Straße entlang. Die Kinder liefen schneller, mal vor, mal zurück, freuten sich über ihre Spuren im Schnee und betrachteten die Abdrücke ihrer Schuhsohlen. Sie versuchten, einige Schneeflocken mit dem Mund aufzufangen, und lobten den wunderbaren Geschmack: Kein Eis im Sommer könnte vortrefflicher schmecken! Sie formten einige Schneebälle und warfen sie, auf ein Straßenschild zielend oder einfach so. Wie friedlich alles wirkte, wie schön, wie still! Die Straße war hier relativ steil, Autos kamen gerade nicht, und wenn es so weiter schneien würde, käme wohl bald kein Fahrzeug mehr den Berg hinauf. Aber das musste sie jetzt nicht stören. Sie spazierten einfach mit aufmerksamen Sinnen durch diesen ersten Schnee und lauschten dabei auf die leisen, knurrschenden Geräusche ihrer Schritte. Die Luft schien besonders gut zu tun, sie atmeten tief ein und aus.

Nach gut zwanzig Minuten mahnte der Vater zur Umkehr. Sie gingen zurück. Zuhause nahm er die Schneeschaufel, um die Einfahrt zur Garage freizuräumen. Die Kinder freuten sich über die enorme Menge Schnee und bauten daraus einen Schneemann, der bald fröhlich dastand. Gut, dass neben dem Haus ein paar kleinere Steine zu finden waren, die sich als Augen und Mund verwenden ließen! Die traditionelle Möhrennase musste man sich eben dazudenken. „Nun habt ihr euch genug ausgetobt, schnell ins Haus!" sagte der Vater. In der Küche tranken die Kinder noch einen warmen Tee und verschwanden dann bald in ihren Zimmern.

Eine Weile später, die Kinder schliefen bereits, hörte man den Schneepflug fahren. Das hatte doch etwas Beruhigendes, wie zuverlässig die Straßen auch hier im Viertel geräumt wurden! Der Nachteil war, dass dadurch vor der Einfahrt ein Wall von beiseitegeschobenem Schnee lag, der die Zufahrt blockierte. Der Vater zog sich nochmals Schuhe und Jacke an und räumte den Schneewall beiseite. So würde seine Frau, die Spätdienst hatte, gleich gut in die Garage fahren können. Er ging ins Haus, schaute noch die Nachrichten und den Wetterbericht, blätterte etwas in der Zeitung und war wenig später froh, als er seine Frau nach Hause kommen hörte. „Wie freundlich der Schneemann einen begrüßt – und wie gut, dass du die Einfahrt freigeschoben hast!" „Ja, die Kinder hatten ihre Freude am ersten Schnee dieses Winters, und ich eigentlich auch!" Zustimmend schmunzelte seine Frau: „Solange kein Glatteis daraus wird, ist es ja auch wirklich schön. Ein wenig wie verzaubert!"

Sendungsverfolgung

Es ging auf Weihnachten zu. Von Jahr zu Jahr, so schien es ihr, verging die Adventszeit schneller. Gerne begab sie sich ans Backen von Weihnachtsplätzchen und Christstollen, zum Verschenken oder für den eigenen Bedarf. Gerne überlegte sie, was man wem schenken könnte – und gerne schrieb sie Weihnachtskarten, besonders weil die Familienmitglieder sich nicht selbstverständlich zum Fest sahen; dazu waren die Entfernungen zu groß und die Terminkalender zu voll.

Ihr Neffe war gerade zum zweiten Mal Vater geworden. Der jungen Familie ging es gut, aber Eltern und Kinder wollten und sollten die Feiertage in Ruhe verleben und nicht auf Reisen gehen. Das erste Kind, ein Mädchen, war mittlerweile drei Jahre und interessierte sich für Bilderbücher, neuerdings auch für Puzzlespiele. Die Tante hatte vor längerer Zeit schon zwei Puzzles gekauft, zugegeben: weil sie preiswert gewesen waren, aber jetzt konnte sie einfach eines davon verschenken. Passender als das Bild „Auf der Baustelle" schien ihr das Thema „Unsere Stadt": Viel zu sehen gab es da, ein richtiges Wimmelbild, das würde dem kleinen Mädchen sicher gefallen! Sie verpackte das Puzzle in schönes Weihnachtspapier, schrieb einen Gruß an die junge Familie und legte diese Karte dazu. Einen Bogen Packpapier hatte sie nicht mehr, aber für das große Format des Puzzles würden zwei Din-A-4-Briefumschläge genau passen. Sie nahm zwei Umschläge, schnitt sie jeweils an einer Längsseite auf, schob sie über das stabile Puzzle und klebte einen Streifen Paketband einmal herum. Danach versah die Sendung mit Anschrift und Absender und brachte sie zur Post.

Der Postangestellte runzelte die Stirn. Bei diesem Format müsse es als Paket gehen, leider, Paketgebühr... „Das ist schon in Ordnung", meinte sie und versuchte zu scherzen: „Für das Geld kann ich es nicht hinbringen!" - „Da haben Sie recht", antwortete der Angestellte schmunzelnd, machte die Sendung fertig, druckte den Beleg aus und kassierte.

An Weihnachten meldete sich der Neffe, wünschte ihr ein frohes Fest, und weil er ihre Post nicht erwähnte, fragte sie nach. Nein, es sei noch nichts angekommen, sagte der junge Mann. „Aber lieb, dass du etwas losgeschickt hast!"

Nun kramte sie den Beleg aus dem Portemonnaie und schaltete ihren Computer an, um die Möglichkeit der Sendungsverfolgung zu nutzen. Sie öffnete die entsprechende Seite, tippte die Sendungsnummer ein und las: „Die Sendung wurde vom Absender in der Filiale eingeliefert", Datum und Uhrzeit standen auch dabei. Seit dem Einliefern hatte sich das „Paket" also nicht mehr bewegt?! Gleich nach den Feiertagen ging sie zur Poststelle und fragte nach. Freundlich erklärte man ihr, in der Post sei das Paket auf keinen Fall mehr, sicher sei es unterwegs. Es käme vor, dass ein Weitertransport erst später dokumentiert würde. Mehr erfuhr sie nicht. Zuhause schaute sie immer wieder einmal am Computer neugierig nach, las noch mehrere Male den schon bekannten Satz, aber siehe da: irgendwann hieß es, die Sendung sei in der Region des Empfängers angekommen – und am nächsten Tag las sie: „Die Sendung wurde zugestellt." Abends rief ihr Neffe an, bedankte sich und sagte, die Kleine habe sich sehr gefreut. Erleichtert dachte sie: „Dann hat meine Weihnachtspost ja ihr Ziel erreicht!"

Der klingende Adventskalender

Vor Jahren hatten die beiden Kinder sich zum Dezember etwas Besonderes einfallen lassen. Sie bastelten nicht nur selbst einen Kalender aus Tonpapier mit 24 „Türchen", sondern suchten auch für jeden der 24 Tage ein kleines Musikstück oder ein Weihnachtslied, das sie mit ihren Geigen spielen konnten. Hinter jedem Türchen stand - mit Glitzerstift geschrieben - ein anderer Titel. Es ging los mit dem Lied *Es ist für uns eine Zeit angekommen...* und endete mit *We wish you a merry christmas...*
Den Kalender gab es in dreifacher Ausfertigung: einmal für die Eltern, zwei weitere wurden in großen Umschlägen zur Post gebracht, und zwar einmal für die Großeltern im Westerwald und einmal für die bei Düsseldorf lebende, alleinstehende Patentante der Mutter.
Ebenso erstaunlich wie die ganze Idee war das gemeinsame Musizieren der Geschwister. War tagsüber vielleicht manche Hektik und manche Unruhe zu spüren, manchmal auch eine Streiterei oder ein Schimpfwort zu hören, stellten sich am Abend, sobald der Kalender „dran" war, eine wirklich besinnliche Ruhe und eine

adventliche Stimmung ein. Wenn der Vater von der Arbeit gekommen war, wurden die Geigen vorbereitet und gestimmt, die Notenständer aufgestellt, die Noten darauf platziert und nacheinander die Großeltern und die Tante angerufen. Meist hielt die Mutter den Telefonhörer vor die musizierenden Kinder und hörte gemeinsam mit dem Vater dem adventlichen Ständchen zu. So gab es jeden Abend einige besonders friedliche Minuten, egal wie heftig am Tag die „Fetzen geflogen" waren... Die Eltern lauschten und staunten, ebenso lauschten und staunten die Angerufenen über die Musik. Wie schön das klang! Wie gut das klappte! Wann hatten die beiden das eigentlich alles geübt?

Jetzt war der Kalender wieder aufgetaucht, als die Mutter etwas im Bücherregal gesucht hatte. Sie staunte und erinnerte sich, wusste aber nicht, aus welchem Jahr das Werk stammte. Türchen für Türchen blätterte sie den Kalender nochmals durch, las die Musiktitel, betrachtete die glitzernden Verzierungen... und fragte schließlich den Sohn, ob er sich erinnerte, wann dieser Kalender gemacht worden war; er meinte, vielleicht in der dritten Klasse gewesen zu sein – oder in der vierten? Da war die Tochter in der sechsten, das könnte so stimmen.

Sie musizieren noch immer, die beiden.

Aber gerade in diesem Jahr scheint der Alltag alles Besinnliche beiseite zu drängen, auch weil die Mutter gerade versucht, nach einer schweren Erkrankung wieder in diesen Alltag und in das Leben hineinzufinden... Ist die Welt in diesem Jahr dunkler und kälter als sonst? Wohl kaum, aber alles Adventliche erscheint wichtig und auch hilfreich, ein hoffnungsvoller Blick nach vorn, wie er zum Beispiel im Lied besungen wurde: *Heller Stern in der dunklen Nacht, zeig allen Menschen den Weg zur Krippe. Heller Stern in der dunklen Nacht, Gott hat Licht in die Welt gebracht!* So wirkt der Advent aus der Erinnerung in die Gegenwart hinein. Als ob noch etwas nachklingt, wenn man liest, was hinter den Türchen steht. Als ob etwas in uns zum Klingen gebracht wird, wenn wir uns an adventliche und weihnachtliche Lieder erinnern.